Du même auteur chez le même éditeur :

La petite piscine au fond de l'aquarium, 2007.
Esperluette et compagnie, 2004.

Chez d'autres éditeurs :

Virage serré, Archipoche, 2008.
On est les champions, L'Archipel, 2008.
Le jardin à moustaches, Le Castor astral, 2007.
Couper court, Éditions Thierry Magnier, 2007.
Comme si rien, Éditions du chemin de fer, 2007.
363 000 signes, la chaîne graphique, Éditions Cahiers Intempestifs, 2006.
Le grand braquet, L'Archipel, 2003.
Besoin de ville, Seuil, 2003.
Tête de moi, Gallimard, Scripto, 2002.
Chat perdu, Gallimard, Folio Junior, 2002.
Terminus pour les pitbulls, Seuil, 2001.
Le tour de France n'aura pas lieu, Seuil, 2000.
Tir au but, Seuil, Points, 1999.
On en apprend tous les jours, co-éditions HB/l'Instant Même, 1999.
Le rameur de rêves, Éditions du Verger, 1999.
90 minutes pour gagner, Gallimard, Folio Junior, 1998.
Kakémonos, légers kakémonos, Éditions Cahiers Intempestifs, 1997.
Jeu sans ballon, Seuil, Fictions, 1996. Seuil, Points Virgule, 2002.
La légende des cycles, Quorum, 1996. Le Castor astral, 2003.
Hôtel intérieur nuit, HB, 1995.
Galipettes arithmétiques choisies, Le Dilettante, 1993.
Langue de chat, La Farandole, 1993. Pocket, 1995.
Fil de fer, la vie, Gallimard, 1992, 2003.
Polarville, Presses Universitaires de Lyon, 1991.
Penalty, Dumerchez, 1990.
Chiens de gouttière, Seghers, 1989.
Bardane par exemple, Ramsay, 1986. Gallimard, 1999.
Alors comme alors, Ramsay, 1985.
L'Un ou les ciels peints, Fédérop, 1977.

Le nez à la fenêtre

COLLECTION DIRIGÉE PAR JOËLLE LOSFELD

ISBN : 978-2-07-078772-2

Jean-Noël Blanc

Le nez à la fenêtre

Roman

ÉDITIONS JOËLLE LOSFELD

1. l'alphabet des gestes

Aujourd'hui encore il se souvient de l'odeur âcre et cuivrée qui montait des fougères bousculées, et il se rappelle aussi le fouet des branches sur ses jambes nues, et les égratignures sur ses cuisses, et le désespoir de ses efforts pour happer l'air tandis qu'il courait en gravissant la dernière colline. Il avait raccourci ses foulées et cherchait à discipliner le désordre éperdu de son souffle. Ne te précipite pas, ne t'affole pas. Et ces branches qui le giflaient, et cette hache dans sa gorge et ses poumons. Tiens bon. Accroche-toi. Ne renonce pas. Jamais.

Les autres élèves le regardaient-ils courir ? Comment le savoir, avec cette classe qu'il venait tout juste d'intégrer en cours d'année ? Il ne connaissait que l'instituteur qui l'avait accueilli la semaine précédente. Un pète-sec dont les cheveux gras étaient si férocement peignés en arrière qu'on distinguait sur son crâne la régularité éprouvante des dents du peigne. Un homme à méthodes et à principes. Discipline, morale, règle, obéissance. Sens du devoir et apprentissage des responsabilités. En avant marche. Silence sur les rangs.

C'était lui qui avait inventé cette sortie dans la campagne : tout le monde dans un car, en compagnie d'une institutrice stagiaire, afin d'enfoncer l'orthographe dans la cervelle des élèves grâce à des exercices de sémaphore réalisés en pleine nature. Qui peut me donner une définition du sémaphore ? Il avait posé la question de sa voix épaisse et lourde qui montait du ventre et ne laissait à personne le loisir de l'oublier ou de penser à autre chose. Aucun ne sait répondre ? Petits ignares. Une technique ancienne pour communiquer à distance, lettre par lettre, au moyen de deux fanions agités selon des codes précis.

À la porte du car, il avait distribué une feuille ronéotypée présentant l'alphabet des gestes. Elle sentait encore l'alcool de la petite machine à imprimer carénée en acier verdâtre, et sur les dessins d'un violet baveux on déchiffrait les postures, pour le P lever le bras gauche tendre le droit à l'horizontale, pour le N baisser les deux bras, pour le A garder le seul bras droit en bas, et ainsi de suite. En lisant ce mode d'emploi les garçons regroupés au fond du car ricanaient, quel drôle de truc, un machin qui date au moins d'Astérix, tu crois que quelqu'un s'en sert encore, peut-être des marins du Moyen Âge, penses-tu, même l'homme de Cro-Magnon n'utilise plus ça depuis longtemps.

Ils plaisantaient en se donnant des coups de poing, quelqu'un fredonnait *Y a le printemps qui chante*, d'autres discutaient du jeu de Platini sous le maillot vert de Saint-Étienne, t'as vu contre Eindhoven comme il les a explosés, 6-0, moi mon père il dit que c'est un fainéant, tais-toi ton père il y connaît que dalle, un loustic se lança dans une imitation de

Coluche, un autre chanta *Laisse béton*, ils blaguaient, se chamaillaient, rigolaient.

Lui, il ne disait rien.

Que dire quand on se retrouve parachuté d'un seul coup au milieu d'une classe d'inconnus ? Sa mère lui avait expliqué, hausse inattendue du loyer, obligation de déguerpir, tu es assez grand pour comprendre, on déménage le mois prochain. Par conséquent abandon du quartier où ils habitaient depuis si longtemps, séparation immédiate de ses copains, perte de son école avec la vieillesse crasseuse des locaux et la lumière tendre qui entrait dans les salles à travers la poussière des impostes, installation brutale dans un quartier neuf que venait d'inaugurer un bataillon d'élus locaux venus dans un cortège de voitures noires. « Une cité à taille humaine, avait déclaré le maire, un lieu où il fera bon vivre : un quartier pour le bonheur. »

Emménagement au 37 B de la cité des Tulipes, entre la cité des Œillets et celle des Marguerites, et inscription au centre scolaire des Acacias : bienvenue dans le printemps.

Dès qu'il avait mis les pieds dans sa nouvelle école, il s'y était senti mal à l'aise. L'édifice sentait le béton froid et la peinture fraîche, et la rectitude implacable des murs et des angles à vif imposait la rigueur d'espaces inflexibles : un lieu sans pitié.

Et puis, une semaine après son arrivée, l'exercice de sémaphore, le car, la campagne, une route de terre, un coin perdu, la classe séparée en deux groupes, l'un sur une colline, l'autre sur une hauteur située en face. Il s'était retrouvé dans le groupe de la stagiaire, une fille avec des taches de rousseur sur tout le visage et une peau si lisse que ses joues semblaient cirées. Pendant qu'ils prenaient position sur le point le plus haut de la colline, elle lui avait demandé son nom. Parce qu'elle avait remarqué qu'il ne parlait pas ? Ou parce qu'il était le plus petit de la classe ?

Elle avait souri en entendant sa réponse. Momo ? C'est drôle, j'ai un copain qu'on surnomme aussi Momo, il s'appelle Mohamed. Moi c'est Maurice, avait dit Momo. Elle lui avait passé la main sur la tête, avait fourragé dans ses cheveux frisés. Ce n'était pas un geste auquel il était habitué, et il avait fermé les yeux un court instant mais déjà il fallait se mettre au travail avec les drapeaux, les feuilles imprimées, les mots à épeler, les gestes convenus du sémaphore.

Dès le premier échange de messages, la stagiaire s'était aperçue que quelque chose clochait. L'autre groupe, sur la colline en face, avait le soleil dans le dos et il était impossible de distinguer les mouvements des fanions. Elle avait soupiré, bon, il faut que quelqu'un aille les prévenir le plus vite possible, qui veut y aller ?

Il avait levé la main, il avait dit : moi. Elle s'était penchée vers lui, avait encore passé la main dans ses cheveux, avait secoué la tête, non Momo, on a besoin d'un grand pour courir jusque là-bas.

Elle avait désigné un autre garçon. Berger. Un escogriffe. Une tête de plus que Momo, la voix qui dérapait dans les aigus et du poil sur les jambes. Elle lui avait expliqué ce qu'il devait raconter à l'instituteur là-haut, sur l'autre colline, et puis elle lui avait souri, un sourire fragile, sucré. Berger avait hoché la tête d'un air sérieux, tout pénétré de son importance, et il s'était élancé.

Momo avait attendu que la stagiaire détourne le regard, pour détaler à son tour derrière Berger. Elle ne l'avait pas vu partir.

SUR LA PHOTOGRAPHIE OFFICIELLE

Sur la photographie officielle de l'équipe, on me reconnaît sans peine : celui qui se tient tout au bout à gauche, au second rang, c'est moi. Nous arborons la tenue orgueilleuse des champions cyclistes que nous sommes, nous bombons le torse, nous montrons nos dents au photographe, et, parmi cette bande de héros en maillot et cuissard, je suis le plus petit.

Je souris aussi fort que les autres mais mes yeux ne rient pas. Je ne suis pas là pour la rigolade. Mon métier est de faire le métier, comme on dit dans le vélo, et j'ai toujours pris mon travail au sérieux. Bien sûr j'ai éclaté de joie, moi aussi, quand j'ai franchi des lignes d'arrivée en levant les bras. Pas souvent il est vrai. Je n'ai que le palmarès d'un abonné aux places d'honneur : une collection d'accessits dans des étapes du Dauphiné, de la Vuelta, de Paris-Nice, du Giro. J'ai quand même figuré classé dans deux ou trois étapes du Tour de France. Toujours en montagne. Je suis un grimpeur léger.

Trop léger. Je manque de coffre pour m'imposer dans une épreuve longue, mais sur un col ou deux je tire mon épingle du jeu. Ce n'est pas assez pour remporter une étape, et je sais que je n'en gagnerai jamais une. Mon métier n'est pas de gagner mais d'aider mon équipe à contrôler la course, et mon chef de file à remporter des victoires.

C'est pour cette raison qu'on m'a encore une fois engagé dans ce Tour de France. On me paie pour accompagner Romain Le Garric dans les étapes de montagne, assurer le train devant lui, prendre le vent à sa place, le protéger contre les attaques, et l'emmener le plus loin possible dans les cols. Je fais le ménage autour de lui pour qu'il puisse se consacrer aux choses sérieuses. Je suis l'avant-dernier étage de la fusée. Lorsqu'il décide enfin d'allumer le dernier étage pour s'expliquer en tête à tête avec les autres gros bras du classement général, je m'efface. Je le regarde filer devant et je n'ai plus qu'à rallier l'arrivée comme je peux. Je roule à ma main, je termine l'étape à distance des premiers, mon classement importe peu, personne ne s'occupe de moi.

Il y a longtemps, on nommait les gens comme moi des porteurs d'eau. Puis des *gregarios*. Aujourd'hui, on les appelle des valeureux équipiers. Je suis le plus vieux des valeureux équipiers de Romain Le Garric. J'ai trente-six ans, et à cet âge-là un coureur est vieux.

Je cours cette année mon dernier Tour et je veux que Le Garric remporte son premier Tour. C'est un gamin, vingt-cinq ans, mais il peut ramasser le gros lot dès sa première participation et je tiens à être de la fête.

Jusqu'ici, tout s'est bien passé. Nous n'avons plus qu'une semaine de course devant nous et Le Garric est bien placé au général. Deuxième à 45 secondes du maillot jaune, l'Italien Ettore Scarpa. À portée de fusil. Et les jours qui viennent peuvent nous être favorables. Il reste un contre-la-montre d'une soixantaine de kilomètres, à Dijon, mais personne ne pense que la différence finale se fera là. Elle se fera avant : dans les deux étapes de montagne qui nous attendent. Dont celle d'aujourd'hui. Draguignan-Briançon. Une tirée interminable. La grande étape des Alpes. Un terrain propice à une attaque d'envergure. Depuis deux jours, Le Garric dit avoir les jambes pour tenter un coup. On va le tenter.

L'équipe est prête. Moi aussi.

Je suis le plus vieux de l'équipe, le plus petit de la bande, le moins glorieux de tous, et c'est sur moi qu'on mise pour aider Le Garric à faire aujourd'hui la décision. On a raison. Je sais me faire mal quand la situation l'exige. Voilà belle lurette que j'ai appris à serrer les dents.

2. le petit nouveau

L'herbe amortissait ses pas. C'était une herbe élastique, ramassée en mottes rondes, et la terre, dessous, était si souple qu'il avait l'impression de rebondir en dévalant la pente. Un bon endroit pour courir.

D'abord, il se contenta d'observer Berger devant lui. Un type lourd qui attaquait le sol avec le talon et mettait trop de dureté dans sa foulée. Trop de dureté et pas assez de plaisir. Il le suivit sans forcer jusqu'au bas de la pente.

La remontée sur l'autre colline était raide et envahie de genêts en fleur. Berger ralentit au moment de les aborder. Il levait les genoux très haut pour éviter d'être griffé par les branches et sa cadence était devenue irrégulière. Il commença même d'obliquer pour aborder la pente de biais. Alors Momo accéléra. Tout droit.

La zone des genêts n'en finissait plus. Des rochers perçaient l'herbe, ralentissaient la course. Un mauvais passage. Il serra les poings. Accroche-toi. Vas-y, montre-leur comment il se débrouille, le petit nouveau du centre scolaire des Acacias.

Il rejoignit Berger au milieu de la pente. Le doubla. Continua. Il ne se souciait pas des genêts, il n'esquivait pas leurs griffures, il maintenait sa trajectoire, la tête haute, les yeux fixés sur le sommet de la colline.

Tu vas le lâcher, continue, continue. Il se sentait léger. La pente s'adoucit, il allongea ses foulées. Il se sentait vraiment léger.

Il poursuivit sa course jusqu'à l'instituteur, lui transmit aussitôt le message de la stagiaire. Il était assez fier de n'avoir rien oublié, mais par timidité il dut répéter ses phrases plusieurs fois pour se faire comprendre, et Berger eut le temps de le rejoindre et de compléter l'information à sa place.

Compris, dit l'instituteur, retournez vite tous les deux là-bas pour confirmer que nous allons changer d'emplacement.

Cette fois, ils repartirent en même temps, et avant de démarrer Berger lança un regard à Momo. Le regard d'un garçon qui n'a pas envie d'être battu. Et qui est sûr de sa victoire. N'imaginant pas de perdre contre un morveux qui avait une tête de moins que lui et peut-être un an de moins.

Momo se contenta de le suivre. Il voulait s'économiser. Il sautait par-dessus les genêts. Profitant de l'élan de la descente. Songeant à dompter sa respiration. Calculant. Pensant à la dernière montée qui se rapprochait.

Au bas de la pente, Berger avait une dizaine de mètres d'avance et il attaqua très vite la remontée, misant sur sa puissance, la tête penchée en avant, les coudes haut levés, roulant les épaules, choisissant de couper à travers un champ de fougères pour gagner du temps. Momo attendit. Lorsqu'il sentit s'élever l'odeur rauque des fougères où s'engageait son adversaire, il décida que le moment était venu. Il raccourcit ses foulées, accéléra leur rythme. Il gardait le buste droit. Respirant avec régularité. Fonçant au milieu des hautes tiges qui giflaient sa peau nue. Refusant de céder à la douleur. Concentré sur son souffle et sa foulée. Rien d'autre que son souffle et sa foulée. Et sa volonté.

Son cœur cognait dans ses oreilles, sa gorge sifflait. Ses mollets brûlaient. Un voile rougeâtre devant les yeux. Tiens le coup. Tu vas l'avoir. Accroche-toi.

Il rejoignit Berger dans les derniers mètres de la zone des fougères. Il courut un instant à ses côtés, proche à le frôler. Il entendait sa respiration épaisse, heurtée. Il ne lui accorda pas un regard. Il ne se préoccupait que de conserver la même foulée régulière. Tant pis pour la douleur. Ne lâche pas, ne lâche pas. Il respirait court, la bouche grande ouverte, la poitrine déchirée par le saccage de son souffle.

Il accéléra, prit un mètre d'avance, deux. Il entendit les halètements de Berger dans son dos, puis il les entendit reculer, puis plus rien.

Il fut seul, enfin. L'écart avec son concurrent était irrémédiable, il le savait, et quand il eut retrouvé sous ses pas l'herbe élastique et le sol souple à l'approche du sommet, il eut la sensation d'une légèreté nouvelle. En levant les yeux, il apercevait désormais beaucoup plus de ciel que d'herbe. Mais aucune silhouette ne se détachait contre l'horizon vide. Personne ne suivait sa course.

La stagiaire avait entraîné les autres élèves un peu plus loin, ils étaient assis en cercle, elle leur enseignait une chanson. Momo ralentit pour rejoindre le groupe. Il pensait à sa course. Une victoire simple. Ni triomphe ni exultation. L'épreuve était achevée, il avait gagné, et toute cette histoire était à présent derrière lui. Il se contenta de trottiner dans les derniers mètres.

Berger revint à sa hauteur à ce moment-là, le doubla, se précipita vers la stagiaire. Il était hors d'haleine, il suffoquait, il avait les joues marbrées de rouge et tout le reste du visage d'une pâleur morbide, il plaquait la main sur son côté droit au niveau de la taille, il balbutia j'ai averti le maître, il émit une sorte de râle, il dit j'ai un point, il soufflait très fort, il dit ils vont changer de position sur la colline, il ferma les yeux, il dit j'ai mal.

La stagiaire le prit dans ses bras, le serra contre sa poitrine. Puis elle leva la tête et cria pour bien se faire entendre de tout le monde : vous avez vu ce que c'est un garçon courageux, vous devriez prendre exemple, pour lui hip hip hip hourra, et elle eut ce sourire qui la rendait si jolie avec toutes ses taches de rousseur et ses yeux qui pétillaient et les vagues de rides précipitées qui plissaient la racine de son nez pendant qu'elle riait.

Elle n'accorda pas le moindre regard à Momo.

CE QU'IL FAUT POUR FLANQUER LES JETONS

Je me suis levé tôt. Avant les autres. Je n'ai plus vingt ans et mon corps est long à se mettre en route. Je suis allé dans le parc de l'hôtel. Seul. L'odeur des thuyas montait déjà dans l'air sec et bleu du petit matin. Pas un nuage. Tout était silencieux et serein. Une belle matinée avant une sale journée. L'étape

qui nous attendait sentait la poudre. Longue et montagneuse. Deux cent cinquante bornes entre Draguignan et Briançon. Deux grands cols au programme. Et un cagnard qui allait taper dur. Tout ce qu'il faut pour flanquer les jetons.

J'ai tenu à me préparer au petit poil. Étirements, assouplissements, échauffement. Je préfère m'isoler pour ces exercices. J'ai mis longtemps à les mettre au point et je veux les accomplir avec sérieux. Quand je les effectue devant les gars de l'équipe, ils me chambrent. Ils ne savent pas ce que c'est que de réveiller un corps de trente-six ans. Mes exercices sont lents et minutieux parce que c'est long de redevenir jeune.

Il m'a fallu vingt bonnes minutes pour sentir mes reins et mes muscles se réchauffer. J'ai eu l'impression que mon corps peinait à venir au rendez-vous que je lui avais fixé, mais au bout du compte je l'ai retrouvé là où je voulais le rencontrer.

Depuis le début du Tour, je n'ai pas encore vraiment pioché dans mes réserves. Pendant les étapes de plaine, je suis resté au chaud à l'intérieur du peloton, et dans les Pyrénées je n'ai pas eu à m'employer à fond parce que Scarpa avait déjà le maillot sur les épaules et que ses équipiers verrouillaient la course, si bien qu'on a évité la grande bagarre du côté du Tourmalet, de Peyresourde et d'Aspin.

Elle est pour aujourd'hui. Romain Le Garric compte sur moi. Il sait que ces derniers jours je n'ai pas donné un coup de pédale en trop. Je suis resté planqué au milieu du paquet. On m'a économisé dans les étapes de transition pour me dépenser aujourd'hui dans les Alpes.

3. l'œil sec

Quand il repense à cette époque, il se rappelle d'abord son arrivée au centre scolaire des Acacias, puis, à peine quelques mois plus tard, au début de l'été, son départ pour la colonie de vacances où sa mère l'avait envoyé. En bouclant sa valise, elle avait dit tu verras, la colo ce sera bien, tu vas profiter de la campagne, là-haut ce n'est pas l'air qui manque, ce qui est pris n'est plus à prendre. Oui maman. Ne sois pas triste les voyages forment la jeunesse. Oui maman. Écoute-moi, mon petit, pour grandir il faut quitter ce qu'on aime. Oui maman.

Un mois à Saint-Laurent-le-Vieux. Une bourgade étriquée, pas plus de cinquante maisons, trois rues, un carrefour, des murs construits d'une pierre volcanique austère, couleur de deuil et d'orage, des toits couverts de lauzes grises qui buvaient la lumière et ne la renvoyaient jamais, et là-dessus la masse irréfutable d'un ancien séminaire transformé en pensionnat. Quatre étages, vingt fenêtres par étage. Un paquebot immobile pour toujours. Un vaisseau mort.

Pendant l'année scolaire, c'était une institution privée religieuse. Une boîte à cancres. Primaire, collège, lycée. Tout en un. On y collait les rejetons des bonnes familles de la région que fâchaient les études. Garçons uniquement. Des fainéants, des exaltés, des rageurs, des dilettantes, des je-m'en-foutistes, des rétifs, des naufragés. Des gosses comme les autres, en fin de compte.

L'été, l'établissement se transformait en colonie de vacances. L'organisation était catholique et masculine. Les seules femmes, dans les cuisines. Partout ailleurs, des hommes. Un prêtre pour directeur, des séminaristes pour moniteurs. Prière avant les repas, messe les dimanches. Notre Père qui êtes aux cieux priez pour nous pauvres pécheurs, je crois en Toi mon Dieu et pardonnez-moi parce que j'ai péché.

Un bon nombre de colons étaient des habitués. Certains avaient même été pensionnaires dans ces locaux pendant l'année scolaire. Ils retrouvaient en juillet leurs repères, leurs copains, leurs habitudes. Une sorte de confort. Aucun ne se révoltait. Être là ou ailleurs, quelle importance ? Ils attendaient que l'épreuve s'achève, voilà tout. Elle finirait un jour, ils n'avaient qu'à patienter, pourquoi se soucier de l'avenir ? Ils n'ignoraient pas qu'il y aurait toujours derrière eux papa, maman, l'argent, la banque, les avoirs, l'avenir.

Pour Momo, des étrangers.

Tu verras, Momo, tu t'habitueras vite, celui qui sait s'adapter se trouve bien partout. Oui maman. Comme on fait son lit on se couche, et puis la campagne les sapins l'altitude les grands prés, les jeux dans les bois, je suis sûre que tu vas t'amuser, quand tu reviendras je ne te reconnaîtrai plus. Oui maman.

En découvrant la masse sombre du bâtiment, en pénétrant dans le réfectoire carrelé où les voix résonnaient, en apercevant par les fenêtres trop hautes la houle sévère des résineux qui entouraient le village, il eut envie de pleurer.

Il refusa de céder à la tristesse, tint bon jusqu'à la nuit. Jusqu'à ce que le silence ait submergé la chambre à six lits. Lorsque enfin les cinq inconnus qui l'entouraient eurent cessé de crier, de sauter sur les matelas, de se lancer les oreillers à la figure et de lui demander pourquoi il ne riait pas avec eux, alors seulement il pleura.

Ensuite, jusqu'à la fin du mois, plus une seule larme. L'œil sec. Le cœur aussi.

RESTER CONCENTRÉ

J'ai rejoint les autres dans la salle de restaurant pour le petit déjeuner. Les gars plaisantaient, sortaient des vannes. Personne n'a évoqué l'étape à venir. Nous savions tous qu'elle serait terrible et personne ne voulait gaspiller d'influx nerveux à en parler trop tôt. J'écoutais les discussions en mangeant mes pâtes. Toujours le même menu. Nouilles, macaronis, spaghettis ou coquillettes. Sucres lents favorisant une montée mesurée du glucose dans le sang. Cuisson *al dente* pour une meilleure assimilation. Muesli, flocons d'avoine, germes de blé, miel, fruits, œufs coque. Menu diététique. Pour la gourmandise, voir ailleurs. Surtout si tôt : trois heures avant le départ. Digestion oblige. Il faut ce qu'il faut.

Ensuite, Fred Montmartin nous a réunis dans sa chambre. C'est un nom dans le vélo, Montmartin. Un ancien coursier, qui a couru avec Fignon, LeMond, Delgado, Induráin, tous les grands de son époque. Les commentateurs estimaient alors qu'il réfléchissait beaucoup en course. Un maître tacticien, comme ils disaient. Aujourd'hui, il réfléchit encore plus. Et il nous en fait profiter. Peut-être le meilleur directeur sportif du circuit.

On s'est entassés dans sa piaule. Des gars étaient déjà en tenue, d'autres encore en survêt. Chacun s'est installé à sa façon.

Sur le lit, sur les bras des fauteuils, assis par terre. Je suis resté debout, appuyé contre le mur, les mains sur les reins. Je n'avais pas envie de m'asseoir. Je voulais conserver du tonus.

On a discuté du profil de l'étape et de notre stratégie. Fred Montmartin avait tout étudié, il avait même intégré les réactions probables des autres équipes, et il a pris le temps nécessaire pour expliquer à chacun son rôle exact. Personne n'a émis d'objection. Son plan n'avait rien d'original, il était simple et solide. Du classique.

Bien sûr, a conclu Montmartin, ce ne sont que des mots. La course, c'est vous qui la faites. Avec vos sensations. Avec votre forme. Avec votre cœur aussi. Mais si on se débrouille bien, les gars, ce soir Romain ne sera pas loin du maillot.

Romain Le Garric a opiné. Il a juste ajouté qu'il avait les cuisses et que ça pouvait rigoler aujourd'hui si nous suivions tous les directives de Fred.

Il appelle le directeur sportif par son prénom, comme tout le monde dans l'équipe. Pas moi. Je dis Montmartin. Mes copains à l'école primaire, je les appelais aussi par leur nom de famille. Je n'ai pas changé. Je dis Le Garric et je dis Montmartin.

Montmartin s'est tourné vers moi. D'accord pour tenter le coup ? J'ai acquiescé. Tu t'en sens ? J'ai hoché la tête. Pas envie de parler, hein ? Tu es déjà dans ta course ? Je n'ai pas répondu. Prenez exemple sur le vieux, a dit Montmartin, restez concentrés et tout se passera au mieux.

4. une course scrupuleuse et désolée

L'été à Saint-Laurent-le-Vieux fut un été pourri. De la pluie tous les jours. Impossible de sortir. Jeux d'intérieur. Jeux sous le préau. Heures interminables.

Momo parlait peu. Il contemplait le paysage. Jamais encore il n'avait pu embrasser d'un seul regard une telle portion de ciel. Dans son ancien quartier, la rue maigre mangeait les perspectives. Dans la cité des Tulipes, la façade d'une barre masquait l'horizon. Ici, le ciel était nu. Libre, immense. Et morose. Chargé de nuages taciturnes. Couleur de chagrin au-dessus du voile interminable des forêts qui couvraient les collines jusqu'à l'horizon, sans laisser place à une éclaircie, un village, un pan de terre cultivé, une trouée lumineuse, une ouverture.

Mon petit Momo, tu as de la chance, tu respireras bien là-bas. Oui maman. La vraie richesse c'est la santé, un bon air c'est déjà la moitié d'un repas, vivre sain c'est grandir bien. Et puis tu te feras des copains. Oui maman.

Le soir, dans la chambre à six lits, il écoutait les autres garçons. Des gaillards qui se connaissaient depuis longtemps. Ils parlaient du Tour de France, de l'abandon de Bernard Hinault, de la victoire probable de Zoetemelk, et aussi de leurs profs, de leurs goûts, de leur famille, de leurs jeux. De leurs jeux surtout. À les entendre, ils possédaient des circuits Scalextric si développés que les pistes ne tenaient pas dans leur chambre, et ils avaient des vélos de course à six vitesses. Ou alors ils citaient avec gourmandise les voitures de leur père, des Lancia Delta, des Range Rover, la nouvelle Citroën CX, et moi mon père il a une Volvo 1800 S si tu la voyais c'est une bombe.

Momo les écoutait, il apprenait. Parfois, il riait avec eux.

La pluie n'en finissait plus. Une météo désespérante. Impossible d'organiser des balades, et impossible de tenir enfermés tous les colons. L'excitation montait. On sortait malgré tout. Imperméable, bottes, en route mauvaise troupe. Sous-bois humides, branches mouillées, flaques de boue, averses, ombre froide, on rentrait vite. Mais que faire à l'intérieur ? Les moniteurs ne savaient qu'inventer de nouveau, les colons devenaient insupportables à force de rester bouclés, il y avait des cris, des bagarres, des énervements.

On décida d'organiser les activités par petits groupes séparés. Momo se retrouva dans une salle de classe désaffectée, avec une dizaine d'autres garçons. Le moniteur qui les accompagnait n'était pas plus enthousiaste qu'eux. Il les laissa choisir des jeux de société, s'assit sur l'estrade, sortit de sa poche un livre, surveilla de loin. Lui aussi s'ennuyait. Il lançait parfois un long coup d'œil par la fenêtre. Silencieux soudain. Songeur.

Les colons n'avaient pas envie de jouer. Ils détaillèrent la visite que leur famille leur avait rendue la veille. Les friandises, les jeux, les cadeaux. Momo ne pouvait pas en dire autant. Personne n'était venu le voir. Ils parlaient en riant, le ton montait, l'excitation gagnait, certains criaient déjà, commençaient à brandir les pions des jeux ou les baguettes de Mikado, se les lançaient à la figure.

Le moniteur se leva, désigna l'un des garçons les plus excités, lui montra la porte, va faire trois fois le tour de la cour en courant ça te calmera, tu reviendras quand tu seras hors d'haleine. Momo se posta près de la fenêtre pour voir comment le puni accomplissait sa pénitence. Un ou deux tours en trottant, puis, juste à la fin, un sprint brusque, exalté, tranchant, afin de revenir les joues rouges et le souffle court devant le moniteur, en exagérant la fatigue et le halètement. Le moniteur hocha la tête, reprit son occupation maussade tandis que, peu à peu, le chahut reprenait.

Alors Momo se leva. Sans hâte, sans bruit. Il remonta la rangée des tables. Sortit de la salle sans un mot. Sans un regard pour les autres.

Derrière lui le silence s'était fait. La surprise. Il entendit dans son dos : monsieur vous avez vu. Il continua dans le couloir peint d'un vert moribond qui s'en allait par plaques, descendit les escaliers d'où les hautes fenêtres étroites et mélancoliques montraient le gris terreux des toits du village et le vert irrémédiable des forêts alentour, ouvrit la porte grillagée de la cour à cette heure déserte, la traversa en diagonale, lentement, marcha jusqu'à l'angle fermé où déjà quelques feuilles mortes avaient été rassemblées dans l'ombre, et, d'un seul coup, comme s'il s'ébrouait, se mit à courir en longeant exactement les murs.

Il courut six tours. D'une foulée tranquille et monotone. Sans jamais changer de rythme. Sans jamais s'éloigner des façades. Une course scrupuleuse et désolée.

Puis il remonta dans la salle de classe et reprit sa place, au fond, seul. Sans prononcer une parole.

Il n'était pas essoufflé. Il souriait.

Le moniteur le dévisagea. Longuement. À la fin, il s'approcha de lui et dit à mi-voix : toi, mon vieux, tu es fou.

Après, on a descendu nos valises, on les a fourguées dans le car. Je suis allé voir les mécanos. Je voulais examiner mon vélo. Celui du jour. Cadre en carbone. Sept kilos huit au total. Manivelles de 170, je ne suis pas grand. J'ai vérifié les développements. On avait bien mis les couronnes que j'avais réclamées. On avait même monté une potence courte, parce que je préfère être plus ramassé en machine dans les étapes de haute montagne. J'ai hésité à mesurer la hauteur de la selle. À l'œil, elle semblait correcte.

Les mécanos savent que je viens les voir parce que j'apprécie le soin qu'ils apportent à leur métier. J'ai grandi dans l'idée qu'il faut respecter le travail et la conscience professionnelle, et une fois qu'on a ce genre de conviction gravée dans le crâne, c'est pour toujours.

J'ai remercié les mécanos et enfourché mon vélo.

Moins d'une trentaine de bornes pour rejoindre le départ à Draguignan. Parfait pour m'échauffer et mettre la machine en route. J'avais prévu le coup la veille au soir avec Montmartin, et il avait demandé à son adjoint de me suivre en voiture. Un bon gars, son adjoint. Un ancien coursier lui aussi. Roger Piano, origines siciliennes. Pas bavard, tranquille, sérieux. Comme j'aime. Lui et moi, on se connaît depuis mes débuts chez les pros. Vieux complices.

Deux jeunots de l'équipe avaient déclaré qu'ils m'accompagneraient, et puis au dernier moment ils ont renoncé. L'étape qui nous attendait était trop longue. Je suis parti seul. C'était mieux. Je n'aime pas qu'on me parle et qu'on blague avant une épreuve importante. Je préfère être silencieux. Attentif à mon rythme cardiaque et au jeu de mes tendons et de mes muscles. Mon corps est mon instrument de travail et j'entends disposer d'un outil bien réglé.

Quand je suis arrivé au Village officiel où se réunit la caravane, j'avais déjà avalé une première boisson énergétique, j'avais déjà sué, et mon rythme cardiaque était monté comme je le souhaitais. J'ai serré quelques mains, salué des journalistes, répondu en vitesse à leurs questions, bu un café, échangé des banalités avec des Espagnols de l'équipe Bellme. Je ne pensais pas à ce que je racontais. J'étais dans ma course.

Je suis allé sur le podium pour signer la feuille de départ. Le présentateur a gueulé dans les haut-parleurs la courte liste de mes victoires, mais j'étais si concentré sur mes sensations que je n'ai prêté aucune attention aux applaudissements de la foule et que je n'ai même pas vérifié où je signais. J'aurais pu apposer ma signature en face d'un autre nom que le mien.

5. je ne sais pas

À Saint-Laurent-le-Vieux, on avait d'abord surnommé Momo *La Môme*, sans doute parce qu'il n'avait emporté comme jeu qu'un Big Jim : une figurine articulée avec d'impressionnants muscles de plastique, munie de mains en crochet dans lesquelles on pouvait glisser des armes. Il s'asseyait dans un coin, se racontait des histoires de bataille, terrassait des armées de mercenaires, ne perdait aucun combat. Les autres garçons le regardaient de loin, jugeaient qu'il s'amusait avec une poupée mâle, ricanaient.

Ils avaient, eux, d'autres préoccupations. La mode était aux premiers jeux électroniques de poche. Les Donkey Kong, les Pacman, des diodes à aligner, des murs de brique à construire, des pluies de pierres à éviter, des poursuites à travers des obstacles imprévisibles, des oiseaux à éliminer, des requins à tuer. Momo regardait leurs doigts virevolter à toute allure sur les boutons. Il admirait. Quelquefois, dans un élan de générosité inattendu, un colon le laissait manipuler le boîtier qu'il lui confiait pour une minute. Momo n'avait pas l'habitude, il perdait vite, il aurait voulu s'exercer plus longuement, allez laisse-le-moi encore, mais l'autre s'impatientait, rends-moi ça, La Môme, tu vois bien que tu ne sais pas jouer t'es trop minus.

Ils se lançaient des concours, se groupaient en cercle, commentaient les scores, échangeaient leurs consoles, les vendaient quelquefois au plus offrant. Les nouveaux jeux, surtout, excitaient les convoitises, et les plus grands de la colo sortaient des billets de leur poche, combien tu me le fais celui-là, arrête c'est le prix neuf je t'en donne cent balles et c'est déjà vachement bien payé, les enchères grimpaient, on en venait parfois aux coups pour régler le différend.

Momo rôdait autour des joueurs, attendait qu'on lui prête un jeu, espérait un moment, voyait qu'on l'oubliait, s'en allait enfin. Partait courir.

Quand la cour grouillait d'agitations, de cris et de tumultes, il courait le long du mur du réfectoire. Il alignait des longueurs. Un aller, un retour, un aller, un retour. Les coudes au corps, le torse bien droit, les poumons dégagés. Calme et méthodique.

Quand il n'y avait personne, c'était meilleur. L'espace était à lui. Vide. Muet. Il accomplissait des tours de cour en comptant ses pas dans une récitation mécanique dépourvue de sens, ou en chantant au rythme de ses foulées les rengaines qu'il avait entendues à la radio, *Allô maman bobo*, *Allô Papa Tango Charly*, et il était fier de lui quand il constatait, après plusieurs boucles, que sa respiration n'était ni étroite ni hachée malgré la distance parcourue.

Pendant les deux dernières semaines, il courut presque tous les jours. Sans parler. Isolé dans un temps qui lui appartenait en propre. Il éprouvait un sentiment de sérénité pendant ses courses. Un accord avec quelque chose de secret, tout au fond de lui. Rien d'exalté ni d'excessif. La simple plénitude de savoir que, dans ces moments-là, et seulement alors, il se trouvait exactement là où il était.

Les autres observaient ses tours de manège. Sa manie intriguait. Eh, La Môme, pourquoi tu cours ? T'es en retard ?

On finit par lui lancer un défi. Il accepta, posa toutefois ses conditions : au moins cinq tours. Il était confiant. Son adversaire le lâcha dès les premières enjambées, Momo laissa faire. Durant les deux premières boucles, son retard s'accentua. Il ne s'affola pas. Il se souvenait de la course au milieu des genêts et des fougères, et de l'herbe élastique sous ses pas. Réserve-toi, gardes-en pour la fin, calcule. Il dosa son effort jusqu'au dernier tour. Porta son attaque à l'instant où plus personne ne l'attendait. Accéléra brutalement. Léger, vif, ardent. Un épervier. Il combla son retard, fondit sur son adversaire, termina au sprint. Gagna. On l'applaudit.

Il redevint Momo, « La Môme » disparut. On finit même par le retenir dans les équipes lorsque s'organisaient des matchs de foot. Il était trop petit pour bien jouer de la tête, trop fluet pour s'imposer en puissance, trop peu technique pour dribbler, mais il galopait sur tout le terrain, devant, derrière, acharné à récupérer la balle, teigneux, consciencieux, infatigable. Indispensable.

Le moniteur taciturne finit par lui poser la question. Pourquoi tu cours toujours comme ça ? Momo haussa les épaules. Le moniteur insista. Je ne sais pas, dit Momo.

Le moniteur laissa passer un silence. Il considéra Momo en fronçant les sourcils. Et pourquoi tes parents ne viennent jamais te voir le dimanche, comme les autres ? Je ne sais pas, dit Momo. Ils n'ont pas de voiture ? demanda le moniteur. Je ne sais pas, dit Momo.

ÉVACUER LA PEUR

Le rituel est toujours le même : au départ, on place sur la même ligne, au milieu de la route, le maillot jaune, le maillot vert et le maillot à pois. Le premier du général, le meilleur sprinteur, le meilleur grimpeur. Les photographes officient, on plaisante, on attend qu'ils aient fini de travailler avant de se mettre en route.

D'ordinaire, les anonymes se tiennent à l'intérieur du peloton. Mais ce matin, tous les équipiers d'Ettore Scarpa étaient groupés derrière son maillot jaune. La Speranza au complet. Ils annonçaient la couleur : avec une garde aussi resserrée autour

de leur chef de file, ils ne délivreraient aucun bon de sortie à un concurrent dangereux.

J'ai regardé Romain Le Garric. Il avait compris la même chose que moi, il a cligné de l'œil : la situation était celle qu'avait prévue Fred Montmartin.

Et puis on s'est mis en route tranquillement. Entre le départ fictif parmi les spectateurs qui nous interpellent et le départ réel, situé souvent à la sortie de la ville et dont le signal est donné par le drapeau du directeur de course, il y a toujours quelques kilomètres neutres. On roule les mains en haut du guidon, on parle, on blague, on se la joue cyclotouristes. On fait ce qu'il faut pour évacuer la peur. Surtout quand on sait qu'Allos et l'Izoard sont au menu de l'étape.

Je me suis immédiatement calé dans la roue du maillot vert qui paradait en tête du peloton dans Draguignan. Un Irlandais jovial, râblé, court sur pattes, explosif dans les sprints. Une boule de nerfs. Brian O'Shaugnessy. Il blaguait avec Scarpa, et tout le monde savait qu'il était parti pour une sale galère aujourd'hui. Ce type est trop lourd pour passer la montagne, et les Alpes allaient le précipiter dans les profondeurs du classement. Il perdrait trop de points à l'arrivée pour conserver sa belle tunique verte, et pourtant le verdict attendu ne paraissait pas l'inquiéter outre mesure.

Son seul espoir était de prendre le *gruppetto* pour rejoindre Briançon dans les délais. Quand j'ai débuté dans le métier, on disait prendre l'*autobus*. C'est le peloton de ceux qui ne peuvent pas suivre le peloton. Les culs-de-plomb. Ceux qui souffrent le martyre dès que la pente affiche du pourcentage. Sur le plat, ils tutoient les cracks, et dans la montagne ils se traînent comme des damnés. Alors ils se regroupent derrière, loin des premiers, et ils roulent ensemble en calculant leur vitesse pour arriver dans les délais et ne pas risquer l'élimination. C'est un calcul malaisé, et seuls quelques vieux de la vieille le maîtrisent. Ils ont une calculette dans le crâne et tout le groupe des attardés fait confiance à ces métronomes pour régler l'allure.

O'Shaugnessy allait se coller dans ce *gruppetto* quand on aborderait tout à l'heure le col d'Allos, et on ne parlerait plus de lui jusqu'à la dernière étape, quand il se vengerait de la montagne en remportant sur les Champs-Élysées le dernier sprint. En attendant, il ne se bilait pas.

J'aurais aimé avoir sa décontraction. Me moquer de ce qui nous attendait et n'avoir pour ambition que de limiter les dégâts en mettant ma confiance dans l'autobus des lâchés.

Je ne l'ai pris qu'une fois dans ma carrière. Lors de mon deuxième Tour, il y a longtemps maintenant. Dans les Pyrénées. Le matin, au départ, je n'étais pas mal. Tout juste un peu de fatigue. La veille, j'avais réalisé un chouette numéro dans le Tourmalet, une échappée à trois que j'avais déclenchée, et même si je n'avais pas gagné au sommet j'avais été fier de ma course et je comptais bien récidiver. Je me sentais d'attaque. Je me demandais même si je ne tenterais pas quelque chose dans la bosse.

Dans les premières pentes, j'ai accompagné les premiers. Et puis c'est venu d'un coup. L'horreur ne prévient pas. Le souffle qui raccourcit, les cuisses qui durcissent, la sensation de vide qui gagne dans les mollets, dans les cuisses, dans les épaules, dans le ventre enfin. Cette horrible faiblesse qui s'installe. Le corps s'absente. Il ne reste plus que la volonté, et on a beau se cravacher, le courage ne suffit pas quand le corps ne répond plus.

Je me rappelle avoir lâché prise sans rémission. Impuissant.

Désespéré. Sans force. J'ai glissé derrière. Les gars qui me dépassaient, je ne leur jetais même pas un coup d'œil. J'avais trop à faire avec ma douleur. Je me concentrais sur mon rythme de pédalage et sur des chiffres sans suite que je me récitais. Je me noyais.

L'autobus m'a rejoint dans le deuxième des trois cols de la journée. Je me suis planqué dans les roues. À côté de moi, quelques coursiers avaient encore la force de parler. Ils montaient à leur main. Lorsqu'ils voyaient qu'un de nous menaçait de lâcher prise, ils gueulaient pour alerter les briscards qui assuraient la cadence en tête du groupe. Et ils encourageaient les plus faibles, accroche-toi, tiens le coup, dans deux bornes il y a un replat. Je me suis accroché. J'entendais des spectateurs s'étonner de me voir là. Ils avaient pitié de moi et je n'avais rien à foutre de leur pitié.

Je payais les efforts de la veille. On prend forcément un éclat après un gros effort, parce que la dépense excessive d'énergie présente la note un jour ou l'autre. La panne de cuisses est fatale sur une course de trois semaines, personne n'y échappe. Impossible de ne pas connaître un *jour sans* sur une période aussi longue.

Sauf si.

Mais c'est une autre histoire et je ne veux pas en parler.

Moi, je suis un coureur propre. J'ai choisi ma façon d'exercer le métier. À l'ancienne. Sans poudre de perlimpinpin et sans soigneur miraculeux. Question de dignité. Et de respect pour ce que j'ai toujours cru juste. On ne se refait pas et je suis trop vieux pour qu'on m'impose d'autres pratiques. Tant pis pour les conséquences.

Je sais que si je réalise aujourd'hui la course que l'équipe

attend de moi, il faudra que je paie l'addition un jour prochain. Je prendrai un gros coup de moins bien et peut-être même que je rejoindrai le *gruppetto* pour terminer dans les délais au milieu des anonymes. Normal. Je ne proteste pas. Je compte sur mon expérience pour aider Le Garric dans l'étape qui vient. Demain sera un autre jour. Aujourd'hui, je ne dois penser qu'à aujourd'hui.

6. le sang ne jaillit pas tout de suite

À la longue, on accepta Momo dans des groupes de copains. Pour jouer aux cartes d'abord, les soirs, dans la chambre à six lits. Des jeux simples, crapette, bataille, tas de merde. Ils s'excitaient en jouant, surtout au tas de merde, ils rigolaient, tiens prends ce tas de merde, oh le dégueulasse il a un tas de merde, et le moniteur déboulait, qu'est-ce que c'est que ces cris éteignez vite je confisque les cartes, et les copains ricanaient sous les draps dans le noir, tas de merde tas de merde. Sauron ricanait plus fort que les autres, c'était un grand déjà en 5e, il arborait un soupçon de duvet sur sa lèvre et il avait souvent des idées par en dessous, avec des histoires chuchotées à propos de filles et de poils, qui mettaient le feu aux joues.

Il parlait souvent aussi des sports qu'il se vantait de pratiquer quand il n'était pas à Saint-Laurent. Le vélo, surtout. Il se comparait à Bernard Hinault, ça c'est un coureur mon père dit toujours, une tête de cochon et un sacré champion, quand je serai grand je courrai comme lui, rigolez si vous voulez mais mon père m'a payé un dix vitesses de course et je fais déjà des chronos du tonnerre, même que mon père est épaté, il dit que je suis un crack, tiens tu ne me crois pas je te prends quand tu veux dans la côte qui est derrière chez moi, je la monte en 18'12" alors hein ?

Il montrait aussi comment il jouait avec son Opinel à virole. Il disposait sa main à plat sur le plancher, plantait le couteau entre ses doigts écartés, accélérait le mouvement, procédait de plus en plus vite, modifiant au dernier moment la trajectoire attendue de la lame et frôlant chaque fois la chair tendre dans un ballet qui effrayait et fascinait. On l'admirait. Il triomphait. Alors, quelqu'un veut essayer ?

Quelques-uns s'y risquaient. Ils n'avaient pas sa dextérité, leurs gestes étaient lents, ils évitaient de planter le couteau trop près de leur main, et Sauron suivait leurs efforts en ricanant, va plus vite, va plus près, trouillard, t'es pas cap d'aller vite. Puis il reprenait son Opinel, se lançait dans une nouvelle démonstration, éblouissait par sa vitesse et son habileté.

Momo voulut essayer un jour qu'ils se trouvaient dans une salle sans moniteur. Sauron lui passa le couteau. Fais gaffe, petit, tu vas te clouer la main. Momo sourit. Il avait surveillé assez souvent les gestes pour imaginer qu'il saurait s'y prendre. Il commença lentement, établit ses repères, changea la position de sa main pour être plus à l'aise, recommença le manège. Prit confiance. Accéléra. Plantant le couteau de plus en plus près de ses doigts. De plus en plus vite. Et plus vite encore. Approchant peu à peu la prestesse impitoyable de Sauron. Attentif à la tension qui montait autour de lui chez les colons qui l'observaient. Concentré. Dur. Grave. Accélérant encore. Guettant le moment où l'admiration serait enfin évidente pour son habileté. Cherchant à provoquer des murmures d'approbation. S'étourdissant lui-même de sa propre vitesse.

Et plantant violemment le couteau dans la chair délicate entre le pouce et l'index.

Le sang ne jaillit pas tout de suite. Un silence se fit dans le groupe. Une stupéfaction. Personne ne pouvait détacher le regard de cette main clouée sur le plancher.

Merde, dit Sauron, sors vite le couteau. Je ne peux pas, dit Momo. Il tremblait. Il contemplait sa main immobile. Il respirait à petits coups brefs.

Un mono, cria quelqu'un. Vite, appelez un mono, et Sauron : arrêtez de gueuler, pas besoin, on va se débrouiller, déjà il se penchait, saisissait l'Opinel, serrait les doigts sur le manche. Son geste manquait d'assurance. Il tira. Pas assez franchement, pas assez fort. Momo gémit. Sauron essuya sa paume sur son maillot. Il suait, ses doigts glissaient. Il inspira un grand coup, saisit de nouveau le manche, assura sa prise, posa une main sur la main clouée pour prendre appui. Momo hurla.

C'est à cet instant qu'un moniteur arriva. Il écarta le cercle des colons, vit aussitôt Sauron le poing serré sur le couteau et, dessous, la main de Momo, la lame fichée dans la chair, le sang qui commençait à perler. Il saisit Sauron aux cheveux, le releva brutalement, le repoussa d'une bourrade, se pencha sur la plaie, commença de retirer doucement le couteau, s'interrompit, dévisagea Momo, je te fais mal ? Allez-y, dit Momo. Le moniteur arracha l'Opinel d'un seul coup.

Momo se releva. Il saisit sa main blessée, crispa son poing sur le poignet. Le sang coulait, gouttait sur le sol. Un filet d'un rouge clair, qui éclatait en étoiles en touchant le plancher.

Suis-moi à l'infirmerie, dit le moniteur. Et toi, ajouta-t-il en se tournant vers Sauron, je t'emmènerai après chez le directeur. Tu vas la sentir passer. Planter un couteau dans la main d'un copain, tu es complètement taré, ça va barder.

Il n'y est pour rien, dit Momo d'une voix blanche. C'est moi. Moi tout seul.

On verra, dit le moniteur. On s'expliquera après l'infirmerie, dépêche-toi.

Quand il s'éloigna, Momo se retourna. Sauron le suivait des yeux. Il avait des larmes au bord des paupières. Momo lui adressa un clin d'œil. Il serrait les dents pour ne pas pleurer et il ne pleurait pas.

TIRER SUR TOUT CE QUI BOUGE

Je me tiens dans les premiers rangs du peloton. Comme on me connaît, on sait ce que ça veut dire. Si je garde aussi visiblement la chiourme, c'est que notre équipe entend participer à la bagarre quand on arrivera à la montagne. Bien sûr, aujourd'hui Scarpa sera le taulier de l'étape et il veut que personne ne l'ignore. Ses équipiers de la Speranza l'encadrent ostensiblement. Mais juste derrière, il y a les prétendants à la victoire finale. Le Garric, bien sûr, et aussi Kurt Scharoun, Manuel Bohigas, Ludo Jeanneret, Earl Wright. Les cadors. Les seigneurs. Ceux qui visent le podium à Paris. Ils se montrent. Ils affichent leur force. Pas de mystère.

Le message est sans ambiguïté. Un peloton se déchiffre vite. On ne pratique pas la compétition sans faire marcher sa tête.

Réflexion, surveillance, méfiance. Tout le monde s'observe. On calcule. Même les néophytes du Tour apprennent cette lecture dès les premiers jours. Ensuite, on tire les conclusions qui s'imposent.

Pendant les premiers kilomètres de l'étape, on roule, on ouvre l'œil, on se méfie. Les Speranza assurent l'allure et personne ne met le nez à la fenêtre. La trouille, évidemment. L'étape intimide. On la sait longue et pentue, et on sait la dureté de sa fin. Elle sent le soufre. Autant s'économiser.

Au bout d'un moment, il y a quand même des vaillants qui commencent à frétiller. Des gars qui ont envie de tenter la belle assez tôt. Des seconds couteaux qui veulent montrer le maillot. La seule question est de savoir qui va le premier allumer la mèche.

C'est un Hollandais qui s'y colle. Van Oudekerk. Un sprinteur sans gros palmarès, à perpète au général. Il gicle au dixième kilomètre et il prend tout de suite une centaine de mètres. On le laisse filer. Pure folie de se faire la malle si tôt. Trop de bornes avant Allos.

Je vérifie du côté de la Speranza. Les Italiens ne mouftent pas. Logique. Pas d'affolement pour si peu. Moi, ça ne me dérange pas. Je surveille un autre genre de poisson.

Dans l'oreillette, j'entends Montmartin. Les gars, on roule pas derrière, c'est un coup de frime, il va se ramasser bientôt. Pardi. Comme si je ne le savais pas. Je ne prends même pas la peine de répondre. Je connais mon boulot. Et mon boulot n'est pas de tirer sur tout ce qui bouge.

Je me retourne. Le Garric n'est pas loin. Il est là où il convient : dans les premiers du peloton. Il s'est calé dans la roue de Scharoun et il ne bouge pas. Il apprend vite et bien, Le Garric.

Pour son premier Tour il se débrouille comme un chef. Je lui fais un signe du pouce. Il me répond par un clin d'œil. La confiance règne. Et la confiance, aujourd'hui, c'est à moi de la lui donner. Il sait que dans cette étape ce sera moi le pilote. Jusqu'à la dernière bosse. Jusqu'à l'Izoard. Après, je m'effacerai si je n'ai plus rien dans la socquette, et à lui de jouer.

Devant, le Hollandais a pris le large. Adieu Van Oudekerk, bon vent et bonne route. Échappe-toi si ça t'amuse, personne n'ira te chercher. Plus d'une minute d'avance déjà, puisque des voitures nous ont doublés pour aller se placer dans son sillage. Pas de souci. Je guette. Les remuants ne vont pas tarder à se manifester.

Le premier à sortir, c'est un Espagnol de la Pellostera. Et aussitôt un Suisse de Labor Biscuits Cric saute dans sa roue. Et puis le petit Ukrainien de la Bellme. Ils démarrent en rafale, l'un derrière l'autre. Je me redresse. L'Espagnol de la Pellostera, je ne sais pas. Mais les deux autres, pas besoin de lire leur dossard. Depuis le temps que je suis dans le milieu, je les connais. Le Suisse c'est Herzog, et l'Ukrainien c'est Rodchenko. Deux baroudeurs. Deux cogneurs. Deux qui en veulent. Durs au mal, accrocheurs, ambitieux.

Ils sont assez loin au général mais ce n'est pas la question. Avec ces deux-là, l'échappée a des chances d'aller au bout : ils ne mégoteront pas leurs efforts pour la réussite de l'entreprise. Et ils ne passent pas si mal les talus. C'est maintenant que je dois décider, et vite.

7. viens, on se tire

La veille du départ, la direction accorda aux colons une heure de liberté dans Saint-Laurent-le-Vieux pour leur permettre de s'offrir des friandises avec l'argent de poche qui leur restait, et d'acheter éventuellement des souvenirs destinés à leurs parents. Momo se serait volontiers contenté de suivre les autres de loin, ou même de rester dans l'enceinte de la colonie, à courir comme d'habitude dans la cour, mais Sauron le prit par l'épaule, viens avec moi on va se payer des Coca.

Ils se mêlèrent à ceux qui traînaient dans les rues du village, par petites grappes de copains, et qui entraient à tour de rôle dans le bazar-bar-tabac. Sauron s'arrêta d'abord devant la vitrine. Ils examinèrent les objets exposés, des stylos, des hameçons, du fil de pêche, des boîtes de crayons de couleur, des ballons de plastique, des couteaux de poche, des journaux, des magazines. Tout contre la vitre, on voyait des cadavres desséchés de mouches. Putain cette crasse, dit Sauron. Depuis la rue, on distinguait dans l'ombre du bistro des paysans, en veste de serge noire, assis devant des tables de bois brun sur lesquelles des chopines de rouge luisaient sourdement.

Ils entrèrent. Le magasin était étroit, et seuls les abords du comptoir profitaient de la lumière venue de la vitrine. Il fallut patienter, parce que des colons arrivés avant eux faisaient provision de Chupa Chups, de Malabar, de fraises Tagada, de Carambar, de cartes postales et d'illustrés.

Lorsque ce fut son tour, Sauron demanda deux Coca. La patronne s'éloigna, fouilla dans une armoire sous le bar, revint avec deux cannettes de Pepsi. C'était une femme sèche, avec des bras osseux, des doigts noueux, des cheveux raides.

Non, dit Sauron, j'ai demandé des Coca.

Elle leva les yeux au ciel, ça a le même goût, mon petit, et arrête de me torchonner ces journaux.

Sauron s'était mis à fourrager dans le présentoir de presse, écartait les quotidiens et les magazines politiques, dégageait enfin les couvertures des revues de femmes nues, et la patronne insistait, arrête ton manège, petit vicieux, tu veux que je raconte ce que tu fais au directeur de ta colo, et tes Coca tu les veux ou pas ?

C'est pas du Coca, dit Sauron en se détournant brusquement. Puis, à Momo : viens, on va ailleurs.

Où on va ? dit Momo quand ils furent dans la rue. C'est le seul magasin. Sauron soupira sale bled, on trouvera bien mieux à Beaupertuis, c'est à moins de dix bornes d'ici.

On n'a qu'une heure, dit Momo.

Qu'est-ce que ça chie ? dit Sauron. Le stop, ça existe, non ? Et puis si on est un poil en retard, on s'en fout, ils vont pas nous casser la tête pour ça. Viens, on se tire.

TROUVER L'ABRI

Une course peut se perdre ou se gagner sur une inspiration. La bonne au bon moment. Question de secondes.

Les échappés se sont fait la belle et personne ne remue. Fred Montmartin ne se manifeste pas, je n'entends rien dans

l'oreillette. Radio-Tour a pourtant donné les numéros de dossard et les noms des échappés, et il sait que ce sont de jolis clients. Il réfléchit sans doute à notre tactique.

Les Italiens de la Speranza ne réagissent pas plus. Ils se contentent d'assurer le train. Ettore Scarpa sait calculer, et s'il laisse filer quelques coureurs c'est qu'il a décidé de ne s'occuper que de ses concurrents directs au général. Les autres ne l'intéressent pas. Moi, si.

J'entends crier, hop hop hop à droite, on s'avertit dans le peloton, il y a un démarrage, un autre, je tourne la tête, un Batave fiche le camp à son tour, un grand flandrin que je n'ai pas reconnu, pas le temps, et dans sa roue il y a Francis Loos, le rouleur de chez Clara Vita, une pointure celui-là, ils ont giclé à la faveur d'un faux plat, une aubaine, des types à reins larges et fémurs longs, on ne peut pas rêver mieux pour s'abriter que ces grands gabarits qui se régalent à tirer gros avec des manivelles de 178, et rien de mieux non plus pour emmener une échappée dans les vallées avant la bosse. Je prends le guidon par en bas. Un coup d'œil à gauche. Un autre à droite. Un regard en coin à Le Garric. Je tombe les vitesses, je me dresse sur mes pédales. Je gicle à mon tour.

Je me lève les miches comme pour un sprint. Le nez dans le guidon. Le souffle déjà bref. Le palpitant qui grimpe aussitôt. J'arrache. Un voile rouge devant les yeux. Ne pas céder. Poursuivre. Quelques secondes pour réussir, pas plus. Apnée. Les rejoindre. Leurs roues, là, devant moi. La bouche ouverte. Pas d'air. Les cuisses qui crament. Leurs roues, en gros plan, recoller, trouver l'abri, respirer enfin. Un dernier coup de reins. Je recolle, réussis la soudure. Prends les roues. Me redresse. Souffle.

Francis Loos et le Batave en mettent un gros coup sur la

meule et je n'ai qu'à me laisser tirer par eux. Ils ne se posent pas de question. Abattent la besogne en rouleurs. Indifférents à tout sauf à leur effort. Si je me colle dans leur sillage, j'économise au moins un tiers de mon énergie. Ils ont mis tout à droite et ils tracent. J'ai pris le bon wagon.

Aucun coureur ne m'a suivi. Et à l'allure des deux qui m'emmènent, on devrait vite retrouver les échappés.

Bien à l'abri des deux rouleurs, je compte : juste devant moi Loos et le Batave, deux, plus loin devant Herzog, Rodchenko et l'Espagnol de la Pellostera, cinq, Van Oudekerk qui est parti le premier et qu'on va probablement rejoindre, six, et moi, sept. Un bon chiffre pour une échappée. À sept, on ne se tire pas trop dans les pattes. On collabore. Et on est assez nombreux pour assurer les relais.

Mieux encore : sept équipes différentes dans le groupe. Donc sept équipes qui ne rouleront pas derrière nous dans le peloton si nous parvenons à former cette échappée.

Nous n'avons pas encore accompli trente kilomètres, et le jeu de poker vient de commencer. Exactement comme l'avait prévu Fred Montmartin. En avant pour la partie de manivelles. À moi de tenir bon. Tous les gars qui sont là sont de gros moteurs. Pas moi. Il va falloir que je m'accroche.

8. échappé

Ils n'attendirent pas longtemps. Une Ami 6 les embarqua. Un type du coin. Jovial et rougeaud. Il les emmena jusqu'à

Beaupertuis. Sauron avait raison : le village comptait plusieurs rues, plusieurs boutiques. Ils errèrent, lorgnèrent les magasins. Tu vois, dit Sauron, au moins ici y a personne pour nous surveiller.

Il acheta deux cannettes de Coca, qu'ils burent assis sur le rebord d'une fontaine. On est bien, dit Momo. Il renversait la tête sous le soleil et il savourait la tranquillité de l'instant. Une seule chose le chiffonnait : il ne pouvait pas, lui, payer quelque chose à son ami. Il finit par l'avouer dans un souffle. Je n'ai pas de fric, dit-il. Pas un franc. Que dalle. Tu me rembourseras quand tu seras grand, dit Sauron en riant.

Ils déambulèrent en mâchant des chewing-gums, accomplissant plusieurs fois le tour du village. Ils détaillaient les boutiques. Bistro, sellier, épicerie, bistro, boucherie-charcuterie, bistro, boulangerie, coiffeur. Sauron s'arrêta devant la Maison de la presse, reluqua les titres exposés, fit un clin d'œil à Momo, l'entraîna dans le magasin. Il gagna le coin des illustrés, feuilleta *Tintin*, *Spirou*, dédaigna le gadget de *Pif*, dénicha un *Picsou* et un *Blek le Roc*, les présenta au comptoir, ouvrit son porte-monnaie. Et puis mon papa m'a demandé de lui acheter un journal qui s'appelle *Lui*, dit-il.

Le patron sourit. Un bon gros, avec des bras énormes, et une moustache de Gaulois que les Boyard et les Gitane maïs avaient roussie. Alors je te l'empaquette, mon petit, c'est pas de ton âge. Il glissa la revue dans une pochette de papier qu'il ferma d'un bout de ruban adhésif.

Regarde, dit Sauron dès qu'ils eurent trouvé un coin désert pour déchirer le sachet et feuilleter à leur aise le magazine. Elles montrent tout, les salopes. Les nibards et le reste.

Jamais Momo n'avait vu de femme nue. Il avait la gorge

serrée. Il aurait aimé être ailleurs et en même temps il n'aurait laissé sa place pour rien au monde. Il détaillait les photos, s'attardait, posait parfois sa main bandée sur une page pour avoir le temps de mieux voir.

Tu t'es assez rincé l'œil, dit Sauron en fermant brusquement la revue. T'as vu l'heure ?

Ils retournèrent à la sortie de Beaupertuis, se postèrent sur le bord de la route, attendirent. Des voitures passèrent sans s'arrêter. Merde, dit Sauron, j'y avais pas pensé, ils nous prendront jamais s'ils voient qu'on a un bouquin pareil à la main, tiens, glisse-le sous ta chemise, moi sous mon maillot ça se verrait trop.

Ils durent patienter longtemps. Il y avait peu de circulation. Les minutes défilèrent. Momo ne s'inquiétait pas. Il se trouvait bien au soleil, et il se sentait bien également maintenant qu'il était à l'écart des horaires réglés de la colonie, et loin des murs lugubres de l'ancien séminaire, comme échappé enfin au poids insupportable des jours. Et puis Sauron lui prêterait encore le journal de femmes nues, et il aurait le temps de scruter les photos en détail. Il éprouvait la sensation de respirer en toute liberté pour la première fois depuis longtemps.

Sauron regarda sa montre. Aïe, on est mal barrés, il faudrait que ce soit une Ferrari qui s'arrête si on veut être à l'heure. Et qu'elle trace vite. Il s'efforçait de sourire, mais c'était le sourire de quelqu'un qui a en tête une idée tenace et inquiétante.

Ce fut une 4L qui s'arrêta. Un vieil homme. Qui conduisait sans se presser. Il les déposa à l'entrée de la colonie.

Le directeur attendait. Vous voilà. Les sourcils froncés, grondant. Une heure de retard. Haussant la voix. J'ai envoyé des moniteurs chercher partout. Criant. J'allais avertir la gendarmerie. Levant la main pour les gifler. Petits imbéciles, vous ne vous rendez pas compte de ce que vous avez fait. Retenant son geste. Et toi, fais-moi voir ce que tu caches sous ta chemise. Arrachant la revue des mains de Momo, restant interdit. Petit misérable, tu achètes des saletés pareilles, petit vicieux, attends que j'appelle ta mère, petit salaud, espèce de petit saligaud.

ALLER AU CASSE-PIPE

Loos et le Batave sont revenus très vite sur Herzog, Rodchenko et l'Espagnol, et le groupe de tête s'est formé comme je l'espérais. Une jolie combinaison. Deux rouleurs à longues cannes, qui emmènent du braquet, deux bagarreurs qui ne donnent pas leur part aux chiens, et cet Espagnol dont je n'arrive pas à me rappeler le nom et qui ne rechigne pas à la besogne. Ils prennent tous des relais sans calcul pour creuser l'écart avec le peloton.

Sauf moi. C'est une règle admise : dans une échappée, si un coureur est là pour représenter son chef de file bien placé au général, on accepte qu'il ne collabore pas : il ne va évidemment pas rouler contre les intérêts de son équipe.

Je reste planqué au fond du groupe. Je tiens à ce qu'on me prenne pour un simple surveillant. Ne pas abattre mes cartes trop tôt.

Nous avons rejoint Van Oudekerk plus vite que je ne le prévoyais. Il n'est pas idiot, il a compris qu'il valait mieux se

relever pour nous attendre plutôt que de s'acharner à pédaler seul contre le vent.

C'est au moment de la jonction que Fred Montmartin se manifeste dans l'oreillette. Bien joué, Momo, le trou est fait, c'est le bon coup, les Speranza pensent que ta sortie est prématurée et que tu ne tiendras pas la distance, on les a piégés, maintenant il faut aller au bout.

Je déteste les oreillettes. Cette espèce de sonotone enfilé dans l'oreille, ce fil qui court sous le maillot, le sparadrap qui se décolle quand on transpire, tout cet attirail, ça me gêne, ça me gratte, et puis ces grésillements, ces sautes de son, il faut souvent appuyer sur l'appareil pour entendre, et entendre quoi ? Pas besoin que Montmartin m'explique la course, je ne suis plus un junior. J'ôte l'oreillette.

Je suis en colère et je sais que c'est un bon signe. Je me mets toujours en rogne quand j'entre pour de bon dans la course. Que Montmartin aille se faire foutre.

Je me retourne. Les voitures rappliquent derrière nous. Nous avons donc plus d'une minute d'avance sur le peloton. Tout va bien. Les gars se relayent pour tirer l'échappée. J'observe pour bien comprendre les forces en présence. Rodchenko roule, d'accord. Herzog aussi. Et Loos et ce rouleur hollandais que je ne parviens pas à identifier. Van Oudekerk également abat sa part de travail. Mais l'Espagnol me paraît maintenant en retrait. Il ne prend que des relais courts, il saute même parfois son tour.

Et puis, à y regarder de près, Loos en garde peut-être sous la pédale. Il n'offre plus cette impression de puissance que j'ai notée quand j'ai sauté dans sa roue. Il roule en dedans. Je m'accorde quelques bornes pour vérifier mon impression.

C'est vite vu. Il est clair que l'Espagnol et Loos ne se donnent pas à fond. Ni le rouleur hollandais. Et il y a même à présent du flottement quand il s'agit de prendre les relais. L'entente s'effrite. Ceux qui ont beaucoup donné commencent à en avoir marre de voir les autres s'économiser. Ça ne sent pas bon.

Je guette l'ardoisier. Invisible. Normalement il aurait déjà dû passer plusieurs fois à côté de notre groupe en exhibant la pancarte qui indique les écarts avec le peloton. Et là, personne. Une panne de moto ? Je m'impatiente, je lève le bras. Quand un coureur se manifeste ainsi, les motards transmettent l'information à Radio-Tour, qui la répercute aux voitures suiveuses. Le numéro 42, Momo Bénadour, de chez Inac-Moshi, appelle sa voiture. Et la voiture rapplique si elle est dans les parages. Pas celle de Montmartin : lui, il suit le peloton, pas loin de Le Garric. Logique. Mais celle de Roger Piano doit être dans le cortège qui nous escorte.

Je me retourne. Roger Piano me rejoint en klaxonnant pour s'ouvrir le passage. Il monte à ma hauteur, se penche. Ça va ? Pas de souci pour moi, je dis, mais l'écart, c'est quoi ? Il secoue la tête. Pas des masses, 1'15", 1'20". Merde, je dis, les Speranza nous tiennent en laisse ? Scarpa se prend pour Intimidator ? Il opine. Merde et merde, je dis, passe-moi un bidon.

Avec l'eau, je prends aussi quelques barres énergétiques. Et encore un autre bidon, que j'enfile dans une poche dorsale de mon maillot.

Pourquoi t'as sorti ton oreillette, dit Roger Piano, Fred est furieux, il veut te causer.

Nous roulons côte à côte et j'ai laissé se creuser un petit écart avec la queue de l'échappée. Pas grave, ça ne roule plus à fond.

Pas demain la veille, je dis. Explique-moi seulement ce qu'ils maquillent, les Speranza.

Qu'est-ce que tu crois, ils assurent le train, ils pensent visiblement que vous êtes partis de trop loin et que vous allez au casse-pipe. Surtout toi, d'ailleurs. C'est pour ça qu'ils t'ont laissé filer, à leur avis tu tiendras pas la distance.

Alors ils ont mordu à l'hameçon, je dis en riant.

Roger Piano hausse les épaules. Peut-être, mais en attendant Scarpa a envoyé un de ses mecs devant pour vous rejoindre. Rossi, tu connais ?

Je grimace. Si la Speranza nous dépêche un surveillant, ce sera un poids mort dans l'échappée. Mais je connais Rossi : en montagne c'est un fer à repasser. Ce qui signifie que Scarpa tient à conserver les grimpeurs de son équipe autour de lui. Parce qu'il n'attend la bagarre qu'à partir d'Allos, ou, au pire, à partir du pied de l'Izoard. Comme prévu.

Remets ton oreillette, crie Roger Piano quand il voit que je démarre pour recoller à l'échappée. Je ne me retourne pas. Je sais ce que j'ai à faire. Le nez dans le cintre, je réintègre le groupe. Et j'en prends la tête.

9. plus costaud que vous ne le croyez

Dès son retour de Saint-Laurent-le-Vieux, sa mère l'interrogea sur sa blessure à la main, que protégeait à présent un pansement disproportionné. Momo inventa une coupure causée par la chute d'une vitre, assura qu'il ne sentait déjà plus de douleur, se fit évasif, changea de sujet.

Il attendait que sa mère évoque l'affaire de la revue de femmes nues. Elle n'en dit pas un mot.

Était-elle au courant ? Forcément. Le directeur l'avait avertie. Pourquoi évitait-elle la question ?

Pendant des jours, il sentit qu'elle l'observait. Lorsqu'elle rentrait à la maison après les ménages qu'elle assurait, elle le considérait sans un mot, secouait la tête, soupirait. Puis elle allumait la radio. Elle s'installait au milieu d'un paysage musical qui lui évitait d'avoir à parler, et elle se mettait à ranger l'appartement, un appartement encore trop neuf, pas encore rodé, qui ne s'était pas encore fait aux plis des habitudes quotidiennes de ses occupants.

Elle tentait d'amadouer cet espace indifférent en multipliant les bouquets et les plantes en pots. Cosmos, pensées, reines-marguerites, capucines, anémones. Des fleurs modestes, sans parfum marqué, dont Momo ne retenait jamais le nom. Sauf pour les géraniums. Elle en avait disposé une rangée sur le petit balcon de béton gris, les surveillait de près, supprimait une feuille sans vigueur, pinçait les fleurs flétries, et Momo sentait alors monter l'odeur douce et râpeuse des géraniums tourmentés. C'était une odeur qu'il aimait. Parfois, quand sa mère tournait le dos, il froissait une feuille pour le plaisir de porter ensuite les doigts jusqu'à ses narines.

Ni les pétunias ni les giroflées rousses et exaltées que sa mère cultivait également sur le balcon ne recelaient de tels secrets. C'étaient des floraisons banales, dont il ne trouvait jamais les couleurs assez vives pour concurrencer le rouge de sang des géraniums. Quant aux fleurs coupées que sa mère rapportait du marché, il avait l'impression qu'elles envahissaient les espaces déjà étroits du logement. Des vases sur la table de la cuisine, des bouquets sur la table du salon : et lui ? Quelle place lui restait-il ? L'alcôve où il dormait, ouverte sur le salon, et dont on devait replier chaque matin le lit qui servait de canapé ?

Il tournait en rond dans l'appartement. Les jours passaient trop lentement. L'air était devenu torride à la fin de l'été. On étouffait. Il demanda la permission d'aller se promener dans la cité. Sortir ? Sa mère protesta. Si c'est pour rencontrer encore des voyous, je préfère que tu restes à la maison. Il s'étonna. Quels voyous ? Elle ne se donna même pas la peine de se retourner pour lui répondre. Tu sais ce que je veux dire, tes sales copains qui t'apprennent des cochonneries.

C'était donc ça. Elle remâchait l'histoire du magazine, sans oser en parler, et brusquement l'affaire revenait, avec les reproches, l'amertume, la rancœur.

Il ne répondit pas directement. À la maison, dit-il enfin, je n'ai rien à faire. Sa mère haussa les épaules. Quand on veut, on trouve toujours quelque chose pour s'occuper. Le Bon Dieu nous a donné deux mains, c'est pour s'en servir. Qui perd son temps perd sa vie. Et puis d'abord, ta main, il faut que je t'emmène chez le docteur. Pour ça et pour autre chose.

Elle l'accompagna chez le généraliste où elle avait ses habitudes. Un praticien à l'ancienne mode, qui prenait son temps. Il examina la blessure de Momo. Comment tu as fait ton compte ? Momo ressortit l'histoire de la vitre brisée. Admettons, dit le toubib. Mais tu as de la chance, ça n'a traversé que du gras, tu te répareras vite, à ton âge tout se répare.

Momo était encore debout, la main posée à plat sur le plateau du bureau, lorsqu'il entendit sa mère tousser dans son dos. Docteur, excusez-moi, il faut que je vous dise, je ne sais pas quels copains il a rencontrés en colonie de vacances mais je crois qu'il a subi de mauvaises influences, je me demande si maintenant il ne se – enfin vous comprenez, j'ai peur pour sa santé, déjà qu'il n'est pas très costaud de nature.

Ne vous inquiétez pas, dit le médecin en riant, il n'a quand même pas l'air épuisé, votre petit. Allez, Momo, déshabille-toi qu'on voie ça.

Tandis qu'il se mettait en slip, il entendit sa mère évoquer son faible poids, sa pâleur, ses cernes, la minceur de ses muscles.

Le docteur ne se pressa pas pour l'examiner. Stéthoscope, dos, poitrine, tousse un peu mon petit, encore, merci ça suffit, et là je te fais mal si j'appuie ? lève les bras, tiens-toi bien droit, il lui ouvrit la bouche en grand, lui palpa le cou, éclaira ses oreilles, vérifia les réflexes, baissa le slip, tripota les testicules, eh bien, madame, votre fils va très bien, et Momo remontait très vite son slip, pourquoi le médecin l'avait-il traité ainsi devant sa mère, un salaud, un vrai salaud, un vicieux lui aussi, il revit Sauron à Saint-Laurent-le-Vieux, salaud de toubib.

Aucun souci, dit le médecin, votre fils est seulement un petit modèle, il n'y a strictement rien d'alarmant.

Il parlait de Momo à la troisième personne. Comme s'il n'avait pas été là.

Cet enfant grandira à son rythme, mais, vous savez, ce ne sera jamais un colosse. Question de morphologie. Dans un sens, cela devrait vous rassurer, il ne sera jamais obèse, et donc les problèmes cardiaques et les complications diabétiques, *a priori* il devrait les éviter. Votre fils est un sec, madame. Mais pas un rachitique. Il est plus costaud que vous ne croyez. Quant à vos inquiétudes au sujet de sa sexualité, c'est le début de la puberté, une période normale, je ne crois pas qu'il faille s'en alarmer outre mesure.

Momo refusait d'écouter. Il avait fixé son attention sur une gravure ancienne accrochée à côté de la porte, deux squelettes côte à côte, l'un plus grand que l'autre, enlacés, un homme et une femme sans doute, et il cherchait à repérer des différences dans l'ossature quand le docteur s'adressa soudain à lui, mon bonhomme, tu as les os minces et légers, si tu faisais du vélo tu serais un grimpeur, tu as des os d'oiseau. Tu pratiques un sport ? Du foot, de la course à pied ?

Il souriait en dévisageant Momo.

J'aime pas courir, dit Momo.

Le médecin leva les deux mains : tu as tort, si tu courais tu deviendrais marathonien. Tu devrais courir un peu, c'est ce qui peut te faire le plus de bien.

Quand ils furent dehors, sa mère se pencha vers lui. Tu as bien entendu ce qu'a expliqué le docteur ? Il faut que tu arrêtes avec les idées sales qu'on t'a mises dans la tête. Pour commencer, à la rentrée je t'inscris dans une école privée. L'école laïque, c'est comme cette colonie, tu y prendrais des mauvaises habitudes. Arbre fruitier sans tuteur ne porte pas de fruits. Qui taille son rosier au bon moment aura des fleurs pendant tout l'an.

Momo tendit devant lui sa main dont le médecin avait refait le pansement. Le docteur a dit que je devais m'entraîner à la course. Tu me laisseras y aller ?

Le message est clair. Si je me décide à rouler après avoir sucé les roues pendant des bornes et des bornes, c'est qu'on passe aux choses sérieuses. Dans mon dos, je sens que le groupe s'étire. Je visse la poignée. J'assure un relais mordant. Sec et long. Pour bien montrer mes intentions. Quand je me relève, je fais signe en secouant le poing. Allez les gars on y va. J'ai la rage et je la souhaite contagieuse.

Ils comprennent vite. Eux aussi ils connaissent la manœuvre : quand une échappée ne parvient pas à créer un écart suffisant, c'est comme si le peloton la tenait au bout d'un élastique. L'écart monte, descend, rien ne se décide. Et il n'existe que deux moyens de sortir de cette situation : ou bien le peloton tire sur l'élastique et rattrape les fuyards, ou bien l'élastique craque et l'échappée creuse enfin le trou. Parfois, il suffit qu'un des mecs de l'échappée en veuille vraiment, et tout le monde se met au diapason.

L'allure monte. J'assure un autre relais, on me remplace, la machine est en route. Nous sommes en file indienne et les gars tournent bien : celui qui roule en tête s'écarte au terme de son effort, et pendant que son suivant prend le commandement, il se laisse glisser à la fin du groupe pour attendre à l'abri le moment de reprendre la tête, comme dans un contre-la-montre par équipes.

Je suis sûr que nous sommes en train de faire le trou, et joliment. Combien ? L'ardoisier ne se pointe toujours pas. Au passage, je demande à Loos, qui a conservé son oreillette. Il lève deux doigts. Deux minutes. Il faut continuer.

Évidemment nous ne pourrons pas soutenir ce train jusqu'à la saint-glinglin. Viendra un moment où le groupe explosera. Par l'arrière. Un coureur décrochera. Puis un autre. Le groupe maigrira. La fatigue. Et aussi les premières pentes. Sans parler de la bagarre derrière, quand le peloton se décidera à mettre en route.

Peu importe, pourvu que l'échappée parvienne avec une certaine avance au pied de l'Izoard : là où Montmartin a prévu que Le Garric lance son attaque.

C'est ça, le plan : que je parte si tôt dans l'étape que les Speranza ne se méfient pas, qu'ils soient persuadés que je n'ai pas le moteur pour tenir longtemps devant, et que pourtant je résiste jusqu'au dernier col du jour. Jusqu'au démarrage de Le Garric dans l'Izoard. Alors je pourrai lui servir de relais. Il prendra ma roue. Je serai son tremplin. Je me mettrai à la planche pour le tirer le plus loin possible. Mon métier est d'aider Le Garric à gagner le Tour et je suis bien décidé à faire mon métier. Tant pis si je suis parti pour une mission suicide. Quitte à me vider les tripes et à finir l'étape sur la jante, je vais l'accomplir.

Mon seul problème est de tenir jusque-là. J'aurais préféré me cacher dans les roues jusqu'à la montagne, mais je n'ai pas le choix si je veux que l'échappée réussisse. Je prends un nouveau relais, et à ce moment l'ardoisier apparaît enfin. Il nous double en brandissant sa pancarte : 2'45".

L'élastique a craqué.

10. le moment favorable pour attaquer

À force d'insister, Momo obtint le droit de sortir. Promis, maman, je ne traîne pas, je vais seulement courir, le docteur a dit que je devais le faire.

Mon pauvre petit, encore courir, c'est une idée fixe, enfin, pendant que tu cours tu ne penses pas à mal. Vas-y si tu veux. Mais pas trop loin. Et pas trop longtemps.

L'été touchait à sa fin. On croisait peu de passants dans la cité des Tulipes, et Momo inventa des circuits qui serpentaient entre les immeubles et qui lui donnaient l'occasion de passer du macadam à l'herbe, et de l'herbe à la terre battue. Il appréciait cette alternance des revêtements, qui obligeait ses foulées à s'adapter au sec, au moelleux, au raide, au tendre, à l'élastique, au rugueux, et il appréciait aussi les variations des odeurs, des ombres et des souffles qu'il rencontrait selon les moments.

Il mit du temps à établir un parcours satisfaisant, et, quand son circuit fut au point, il décida de s'y tenir et de voir s'il pouvait chaque jour parcourir un peu plus de distance dans les limites strictes du temps que sa mère lui accordait. Avant la fin du mois, il avait déjà plusieurs fois amélioré son record.

Les vacances s'achevèrent, Momo ne fut plus seul dans les allées et sur les pelouses. Il croisa même quelques élèves de l'école des Acacias, qui le reconnurent, le saluèrent, l'arrêtèrent pour discuter. Tu cours toujours ? Qu'est-ce que tu t'es fait à la main ? Où tu es parti en vacances en août ? Tu vas dans quelle école cette année ? Tu crois qu'Hinault va gagner ?

Un de ses copains, surtout, se passionnait pour le championnat du monde de vélo qui allait avoir lieu dimanche à

Sallanches, en Haute-Savoie. Un mordu. Incollable sur la course et les champions. Tu comprends, Bernard Hinault a dû abandonner au Tour de France et il a envie de revanche, je te jure qu'il en a envie, je te parie tout ce que tu veux qu'il gagne, tu regarderas la télé ?

Le poste est cassé à la maison, dit Momo, je pourrai pas regarder.

Alors viens chez moi, j'habite à côté, on regardera ensemble, d'accord ?

Je demanderai à ma mère, dit Momo.

De retour chez lui, il alluma la vieille télévision posée sur la commode dans le séjour. L'écran était petit, et les réglages si mauvais que le noir et blanc des images se noyait dans une grisaille embrouillée. Comment suivre la course de dimanche dans de telles conditions ? Acheter une nouvelle télévision ? Il connaissait la réponse. On n'est pas des Crésus, et puis il faut aimer ce qu'on a plutôt que de rêver d'avoir ce qu'on n'a pas.

Il plaida sa cause dès que sa mère fut rentrée. Maman, dimanche un copain m'invite à regarder la télé chez lui, je pourrai y aller ? Elle résista, s'inquiéta de savoir qui était ce copain rencontré dans la rue, j'espère que ce n'est pas un voyou, disposa dans un vase le bouquet d'œillets qu'elle venait d'acheter, il insista, maman, tout le monde parle de cette course, elle soupira mon petit, encore une course ? tu es obsédé, elle posa les fleurs sur le rebord de la fenêtre, maman c'est la première fois que le championnat du monde a lieu en France dit Momo, je veux le voir, elle haussa les épaules, il dit s'il te plaît, il se rappelait Sauron et ses histoires à Saint-Laurent-le-Vieux, j'ai un vélo à dix vitesses je fais des chronos je suis un crack j'ai épaté mon père dans la côte derrière chez moi, et ce souvenir lui donnait encore plus l'envie de regarder la course, maman, s'il te plaît.

Elle ne se laissa pas fléchir. Tu n'iras pas chez n'importe qui. Maman, s'il te plaît. Non c'est non.

Il revint à la charge. S'obstina. Persévéra. Le dimanche après-midi, enfin, elle céda. Il courut suivre la fin de l'épreuve chez son copain, et quand il s'installa devant la grande télévision en couleurs où le monde semblait lumineux, l'épreuve en était arrivée à un moment crucial.

Hinault n'avait plus que l'Italien Baronchelli dans la roue. Ils étaient tous deux échappés et il était impossible qu'un coureur revienne sur eux, strictement impossible. La victoire allait se jouer entre eux, ils n'avaient plus que deux tours à couvrir, et Baronchelli ne quittait pas la roue d'Hinault. Le commentateur s'inquiétait, expliquait que l'Italien profitait de l'aspiration, se laissait tirer, refusait d'accomplir sa part de travail pour mieux surprendre le Français par un démarrage brutal au dernier moment, la tension montait, on atteignait bientôt la fin de l'avant-dernière côte et Bernard Hinault ne parvenait toujours pas à lâcher le coureur italien qui collait à sa roue arrière, le commentateur s'exaspérait, c'est maintenant qu'il faudrait lâcher Baronchelli parce que dans la dernière côte du dernier tour ce sera trop tard, l'Italien s'accrochera jusqu'au bout et comme il sera le plus frais des deux c'est lui qui l'emportera au sprint.

Momo se mit à crier pour encourager Hinault. Après tout, il s'était lui-même mesuré avec d'autres et il avait appris à surveiller un adversaire, à prendre l'abri et à guetter le moment favorable pour attaquer, et maintenant il criait des conseils à Hinault et son copain criait lui aussi, arrêtez vos hurlements protesta la mère du copain sans lever la tête de son ouvrage. Momo voyait du coin de l'œil son bras qui se levait à contre-jour quand elle tirait l'aiguille, elle s'était placée juste devant la fenêtre pour mieux examiner son travail pendant la réparation délicate qu'elle effectuait sur une jupe, il sentait son parfum venir jusqu'à lui, une odeur rousse qu'il n'avait jamais sentie chez lui, et même sa voix lui avait semblé douce et colorée jusqu'à ce qu'elle s'emporte, arrêtez de crier ou j'éteins le poste.

Comment ne pas crier ? Les coureurs avaient abordé la dernière ascension et tout allait se jouer maintenant. C'était la dernière chance pour Hinault de lâcher Baronchelli. Il attaqua. Un démarrage sec. Et l'Italien revint dans sa roue. Et Hinault attaqua encore et l'Italien revint encore. II restait moins d'un kilomètre avant le sommet. C'est fichu, dit le commentateur, maintenant il est trop tard pour faire la différence, et à ce moment Hinault accéléra encore, et cette fois Baronchelli ne put pas le suivre. Il resta planté, perdit une longueur, deux, vit devant lui s'enfuir Hinault, cette fois-ci c'était le bon coup, Momo exultait, vas-y vas-y, le coureur français s'était lancé comme un fou dans la descente, il était seul en tête et il allait gagner le championnat du monde, Momo était debout, penché en avant, il hurlait allez, et quand Bernard Hinault franchit la ligne d'arrivée en levant les bras au ciel, Momo se sentit heureux comme rarement il l'avait été dans sa vie.

Je croyais que tu étais pour le coureur français, dit sa mère en s'étonnant de sa joie encore intacte lorsqu'il revint à la maison. Et comme elle voyait qu'il ne la comprenait pas, elle ajouta : c'est bien un Italien qui a gagné, non ? Bernarino, ce n'est pas un nom italien ?

Il éclata de rire, et puis il s'approcha de sa mère, il dit maman je veux un vélo.

Elle sourit, d'un sourire un peu triste, mon pauvre petit, avec quel argent veux-tu qu'on l'achète ?

TENIR ET DURER

Lorsque l'écart a dépassé les trois minutes, je me suis enfin détendu. Jusqu'ici la crainte d'échouer était trop forte. Mais la marge semble à présent suffisante, et en toute logique nous allons même prendre encore plus de temps au peloton puisque la Speranza laisse flotter les rubans. À mon avis, notre petit capital pourrait atteindre cinq ou six minutes avant d'aborder le col d'Allos. Exactement ce qu'il faut.

Autour de moi, les plus expérimentés se sont probablement livrés au même calcul. Eux aussi se détendent. Cela se note à des souplesses nouvelles dans les relais, à une plus grande fluidité dans les replacements, à des gestes plus posés pour se relever après un effort.

Quand cette sorte d'harmonie apparaît dans un groupe de tête, c'est bon signe. Cela signifie que la priorité n'est plus de fuir, mais d'aller au bout. L'échappée s'installe dans la durée. Le peloton, là-bas derrière, on ne s'en soucie presque plus, sinon pour vérifier qu'il reste bien à distance. L'essentiel est ailleurs : s'organiser pour bien rouler ensemble, s'économiser quand on le peut, s'alimenter pour tenir longtemps. Les calculs, ce sera pour plus tard. Quand la montagne sera là.

J'observe mes compagnons. Tout le monde assure sa part de travail, mais les coups de pédale ne sont pas tous semblables. Surtout lorsque nous abordons un coup de cul. Là, certains montrent une aisance et une puissance qui ne trompent pas.

L'Ukrainien, d'abord. Rodchenko. Celui-là, je dois le surveiller. Il pète la santé. Un trapu. Et de la gnaque à revendre. Derrière lui, parmi ceux qui ont visiblement la patate, je compte Herzog et l'Espagnol. Herzog, c'est du costaud. Un type dur, imperméable au mal. Pas un grimpeur, mais un gars capable de résister longtemps et de frapper dur. Quant à l'Espagnol, je ne l'ai jamais remarqué dans le peloton depuis le début du Tour, et maintenant que je le découvre, il me fait peur. Un jeune, avec de grands abattis maigres. Un léger. Il semble facile. Il avale les pentes sans paraître forcer. À ne pas quitter de l'œil.

Trois gros clients. Que je vais devoir surveiller de très près. Et sur lesquels je pourrai m'appuyer pour m'emmener jusqu'à ce que Le Garric me rejoigne et que la bagarre décisive commence pour de vrai.

Les autres membres de l'échappée me semblent moins saignants. Le grand Loos roule fort, et son collègue hollandais aussi, mais il y a dans leur coup de pédale une sorte de lourdeur qui ne me donne pas confiance. Et puis, chaque fois que la route s'élève, ils montent un peu trop les couronnes. Quand on se met ainsi à tirer moins gros dans la moindre bosse, ce n'est pas toujours parce qu'on recherche la souplesse. C'est parce qu'on craint le mal aux cannes. Ces deux-là le craignent, je les ai bien observés et ma conviction est établie. Ils coinceront dès que les choses sérieuses débuteront. Mais ils ont envie de parvenir au pied des cols avec une avance maximale parce qu'ils savent que ce qui sera pris ne sera plus à prendre, et qu'ils pourront souffler un peu en attendant que le peloton les avale pour les emmener jusqu'à l'arrivée. En attendant, ils ne s'épargnent ni l'un ni l'autre quand ils prennent un relais, et leur puissance de rouleurs sert parfaitement l'échappée dans les vallées.

Reste Van Oudekerk. Celui-là, je ne parviens pas à le lire. Il roule fort, il n'a pas besoin de tirer petit dans les talus, il paraît costaud, et pourtant c'est un homme des plaines. Un type fait pour les chevauchées sur les routes du Nord ou dans les Landes, pas pour la montagne. Il m'étonne.

L'ardoisier nous a dépassés : 3'54" sur le peloton. Et 1'10" sur un type seul, qui est en train de revenir sur nous. À son numéro, un type de la Speranza. Rossi. Je l'avais oublié, celui-là. Bon, peu importe qu'il nous rejoigne ou non. S'il revient, il sera cuit à cause de son effort. Et puis ce n'est pas un grimpeur. Il craquera sur le sommet d'Allos. Ou au plus tard au pied de l'Izoard. Pas d'affolement. On avisera en temps utile.

Je me laisse encore une fois glisser en queue du groupe pour attendre la voiture de l'équipe et discuter avec Roger Piano.

11. les coupures poisseuses laissées par d'anciens coups de couteau

À la rentrée, Momo fut inscrit dans une école privée. Collège Sainte-Marie. Il était éloigné de la cité des Tulipes. Pourquoi si loin ? Pourquoi ne pas l'inscrire dans le collège du quartier ?

Il n'interrogea sa mère qu'une seule fois, quelques jours

après la rentrée. C'était un de ces soirs de début d'automne où elle rentrait tard, un de ces soirs de lassitude où les cernes soulignaient ses yeux d'une ombre violette quand elle s'asseyait sur une chaise de la cuisine avant même de disposer dans un vase les fleurs qu'elle rapportait. Elle continuait d'en acheter plusieurs fois par semaine, des glaïeuls, des dahlias, des bégonias, des cosmos jaunes, parfois une seule rose, il faut bien mettre un peu de soleil dans les maisons pour les apprivoiser, disait-elle, profitons-en avant la mauvaise saison, ce qui est pris n'est plus à prendre.

Il attendit qu'elle ait fini d'installer le bouquet au centre de la table avant de poser la question. Pourquoi tu ne m'as pas inscrit au collège de la cité, comme les autres ? Voyons, Momo, tu sais très bien qu'à la laïque tu risques de trouver des copains pas recommandables. Je ne veux pas que ça recommence.

À lalaïque ? Le mot l'amusa. Il le répéta. Lalaïque, lalaïque. Mais ce n'était pas une réponse. Il insista. Il voulait comprendre.

Elle se pencha sur le cabas posé à côté de l'évier, en sortit des pommes de terre enveloppées dans du papier journal, ouvrit le tiroir où étaient rangés les couteaux : tu m'aides ? La lumière sans pitié de la cuisine étirait des ombres sur son visage.

Il s'assit, saisit une pomme de terre, entreprit de l'éplucher, se mit lui-même au défi de n'obtenir qu'une seule pelure longue et torsadée, s'appliqua en silence. Il pensait à l'école privée où il venait d'entrer et où il avait retrouvé la même désolation et la même austérité besogneuse et fanée que dans les locaux de Saint-Laurent-le-Vieux. Le premier jour, on avait conduit les élèves en rang jusqu'à une chapelle, et on leur avait fait chanter un cantique. Une maîtresse de chorale les avait dirigés, elle avait une voix de tête qui portait sur les nerfs, et un écho redoutable multipliait sa voix entre les murs de pierre froide et nue. Ensuite, un abbé leur avait tenu un long discours dans une grande salle carrelée, avant qu'on ne les emmène visiter l'établissement tout au long de couloirs vides où les pas sonnaient sur des planchers que d'innombrables lessives avaient délavés et où les nœuds faisaient des meurtrissures brunes.

Il pela une deuxième pomme de terre et obtint pour la seconde fois une très longue lanière terreuse et blême d'un seul tenant. Il l'éleva devant lui, la montra à sa mère, obtint un sourire en retour.

Pourquoi tu m'as inscrit là-bas ? dit-il brusquement. Elle lui tourna le dos, ferma le couvercle de la Cocotte-Minute, alluma le gaz, se pencha pour vérifier la flamme. Pourquoi ? dit-il à nouveau.

Ton père, dit-elle en lui faisant face. Il a toujours voulu que tu sois bien élevé et bon en religion, il répétait toujours on fera les sacrifices qu'il faut mais mon fils sera un garçon bien élevé. Et vois-tu, Momo, je suis de son avis, il n'est jamais trop tôt pour bien agir, quand on a sa conscience pour soi on a l'essentiel. Bonne renommée vaut mieux que ceinture dorée.

Elle avait commencé à mettre le couvert sur la table de la cuisine. Il ne l'aidait pas, il suivait du bout du doigt un circuit compliqué sur la toile cirée, entre les bouquets de fleurs imprimées et les rayures roses et vertes entrelacées dont les motifs tressés étaient de loin en loin fendus par les coupures noires et poisseuses laissées par d'anciens coups de couteau.

Mais c'est cher, non, l'école privée ? dit-il sans lever les yeux.

Elle demeura longtemps sans répondre. Tu sais, Momo, elle hésita, soupira, chercha ses mots, tu comprendras quand tu seras plus grand, c'est vrai qu'on tire le diable par la queue et qu'il faut toujours chercher cent sous pour faire un franc, mais dans la vie il y a des moments où on doit accepter des sacrifices, l'important c'est de trouver le bon moment. Pour toi c'est le moment. Si on part du bon pied on va toujours loin, celui qui marche droit ne se perd jamais.

Mais la colo à Saint-Laurent, dit-il en allant remplir un pichet d'eau pour le poser sur la table, c'était cher aussi, moi, mes copains, ils racontaient tous que d'après leurs parents une colo ça coûte la peau du cul.

Tu n'as pas besoin d'employer des gros mots, dit-elle, la saleté commence toujours par les gros mots, ensuite on ne sait plus où ça s'arrête.

Comment on a fait, nous, puisqu'on n'a pas d'argent ? Voyons, Momo, dit sa mère. Il reprit, c'était vraiment très cher ? Debout devant l'évier, il laissait couler un filet d'eau dans le pichet, et c'était vraiment plus facile de poser toutes ces questions sans regarder sa mère en face.

Elle se retourna pour lui passer la main dans les cheveux, laissa ses doigts jouer dans les boucles, soupira, ce n'est pas le genre de questions qu'un garçon doit poser à sa mère, à chaque âge ses plaisirs à chaque âge ses soucis.

Après un long silence, elle ajouta plaie d'argent n'est pas mortelle. Elle s'efforçait de mettre de l'enjouement dans son intonation mais elle n'y parvenait pas très bien. Elle n'était pas une très bonne comédienne et elle semblait être la première à en avoir conscience.

Tu verras, dit-elle encore, c'est pour ton bien. Écoute tes maîtres, sois sage, travaille sans pleurer ta peine, et tout se passera comme il faut. Quand on apprend à marcher droit c'est pour la vie, n'oublie pas que le bon tuteur fait le bon arbre fruitier et qu'un pli tôt marqué dure longtemps.

Elle coupa le gaz sous la cocotte. Il ne faut jamais se laisser aller, mon petit Momo, dit-elle. Pour peu qu'on soit vaillant on a un trésor et regarde donc dans mon cabas, j'ai acheté un saucisson on va se régaler. Et la semaine prochaine j'ai trouvé de nouveaux ménages à faire chez un couple d'avocats, ils paieront bien, on va s'en sortir. Tant qu'on a la santé et qu'on a ses deux mains, on n'a pas à se plaindre.

Elle sourit. Allez, à table, il faut que tu manges si tu veux grandir. Et continuer à courir. Et gagner des courses, petit marathonien.

AVOIR LES JAMBES

Roger Piano s'est faufilé au milieu des autres voitures pour me rejoindre. Ces anciens coursiers, quand ils deviennent chauffeurs dans la caravane, ils m'épatent. Ils slaloment dans les encombrements, trouvent des passages impossibles, et quand ils roulent à votre hauteur, ils conduisent d'une seule main tout en frôlant les spectateurs d'un côté et vous de l'autre, et avec ça ils restent calmes, posés, tranquilles et apaisants. Des as.

Un ennui ? il demande, et je vois que le mécano installé sur le siège arrière, à côté de la grosse glacière et des roues qui luisent dans l'habitacle, se penche lui aussi pour mettre son nez à la portière.

Pas de lézard, je dis. Comment ça se passe dans le peloton?

Rien de neuf. La Speranza assure, sans plus, et personne ne les attaque. C'est clair que l'échappée va maintenant aller jusqu'aux cols. La grande lessive, c'est pour après.

Tu as regardé les gars là-devant? je dis. À mon avis il y en a deux ou trois qui vont passer par la fenêtre dans la bosse. Mais Rodchenko a la pêche, et Herzog aussi. Et l'Espagnol de la Bellme. Celui-là, il m'intrigue. Tu sais son nom?

Baragan. Lucho Baragan. Un néo-pro. On raconte qu'il grimpe pas mal. Un mec des Asturies, il paraît. Fais gaffe, c'est souvent des coriaces par là-bas. Et toi? Ça boume?

Pas de souci. Je crois que j'ai les jambes.

Rate pas le ravito, crie le mécano, c'est pour bientôt. Tu veux un biberon en attendant?

Je finis mon bidon de cadre avant de le donner au mécano. Je n'aime pas balancer mes bidons vides. Pas de gaspillage. Un héritage de mon enfance. Je tends le bras pour attraper au vol un bidon plein, et pendant un moment je garde la main accrochée autour du cylindre de plastique, histoire de me laisser tirer, mine de rien, par la vitesse de la voiture.

Gaffe aux commissaires de course, rigole Roger Piano. Ils bâchent facilement ces jours-ci.

Je souris, je garnis mon porte-bidon, je réintègre l'échappée. Derrière moi, j'entends Roger Piano crier des encouragements. Vas-y Maurice. Voilà une éternité que je n'avais pas entendu mon prénom.

12. inscrivez vos nom et prénoms

Jusqu'à son arrivée dans le collège Sainte-Marie, si éloigné de la cité des Tulipes qu'il devait chaque matin prendre un bus pour s'y rendre, jamais Momo n'avait eu à se préoccuper de son état civil. Pourquoi lui aurait-on demandé à l'école des précisions que l'administration connaissait ? On exigeait seulement de lui qu'il écrive son nom et son prénom sur les copies qu'il rendait. « Bénadour Maurice. » Ça suffisait bien.

Et puis, dès le début de l'année dans le nouvel établissement, le prof principal avait réclamé de remplir des fiches de renseignement. Prenez une feuille de papier, coupez-la dans le sens de la hauteur, non pas comme ça, nigaud, dans l'autre sens, inscrivez vos nom, prénoms, je dis bien prénoms au pluriel, il insistait, et ajoutez votre âge, votre établissement précédent, votre adresse, la profession de vos parents.

Des prénoms, Momo n'en connaissait qu'un. Maurice. Va pour Maurice, personne n'est obligé d'avoir un troupeau de prénoms pour lui tout seul. Quant à l'âge, à l'école des Acacias qu'il venait juste de quitter, à l'adresse, aucun problème. Mais la profession des parents ? Celle de sa mère ? Il s'interrompit.

Il lorgna en douce sur ce qu'écrivaient les copains qui l'entouraient. Père ingénieur conseil, mère attachée de direction. Des métiers dont il n'avait aucune idée. Père représentant multicartes. Mère au foyer.

Et la sienne ? Mère au foyer des autres. Balaie la poussière. Lave les sols. Lessive. Brique. Frotte. Récure. Couloirs salons chambres cuisines sols lavabos baignoires carrelages fringues tapis vitres. Nettoie les saletés des autres.

Se met à genoux pour briquer leurs parquets.

La semaine précédente, il était allé la trouver sur son lieu de travail pour lui faire remplir un formulaire que le secrétariat du collège réclamait d'urgence, une demande de Bourses, la signature de sa mère manquait sur le document, et comme Momo savait où elle travaillait ce jour-là, il s'y était rendu en courant. C'était dans une partie de la ville où il se rendait rarement. Un quartier de silence et de réserve, des rues sans commerce, de lourds bâtiments de pierre, des façades amidonnées, et, face à un square désert et morne, un immeuble de cinq étages, des pavés sous le porche, une entrée voûtée, des escaliers majestueux, une rampe ouvragée, aucun bruit derrière les murs.

Au premier, deux portes d'un bois sombre et lourd donnaient sur le palier : la première, imposante, moulurée, deux vantaux, portait une plaque de cuivre gravée avec les noms des deux avocats, mari et femme, tandis que la seconde, déportée sur le côté, à vantail simple, étroite, ordinaire, n'indiquait rien. Il avait cherché une sonnette, trouvé une chaîne dorée, déclenché une sorte de grelot lointain en tirant sur la poignée, et une femme était venue lui ouvrir, secrétaire ? hôtesse ? grande, maquillée, élégante, elle n'avait pas eu un sourire pour Momo, votre mère ? pas ici, prenez l'entrée de service, la petite porte à droite, ce n'est pas fermé, vous n'avez qu'à pousser.

Il avait poussé la porte. Sa mère était dans le hall. Un seau de plastique à côté d'elle. À genoux. Lui tournant le dos. La jupe remontée. La chair nue des cuisses au-dessus des bas. Une peau livide. Grasse.

Elle s'était retournée en l'entendant. S'était levée. Rougissant soudain. Jamais il ne l'avait vue rougir de cette façon, et aussi subitement.

Il avait tendu le papier du secrétariat, un stylo, elle avait signé, vite, sans lever la tête, après s'être essuyé les mains sur son tablier, et lorsqu'il était reparti, elle lui avait seulement dit ce n'est pas un papier pour une punition tu n'as pas fait une bêtise au moins ?

Profession des parents.

Il n'écrivait pas, attendait, hésitait.

Femme de ménage. Femme de peine. Bonne à tout faire. Bonniche. Servante. Serviteur. Serf. Servitude.

Il pensait à ce qu'elle disait le soir, en revenant à la maison après ses heures de ménage chez les avocats, j'ai des patrons bizarres, pour certaines choses ils sont radins ils sont près de leurs sous, on n'emporte pourtant pas son coffre-fort dans la tombe à quoi ça rime de vouloir être le plus riche du cimetière, mais pour d'autres choses l'argent leur file entre les doigts on dirait qu'ils ne savent pas compter, et elle ajoutait je m'en fiche ils me paient bien, chacun après tout vit sa vie comme il l'entend, moi je fais mon travail honnêtement et c'est ce qui compte le reste peu importe.

Le prof passait entre les rangées de tables pour ramasser les fiches. Momo n'avait toujours pas écrit.

Profession des parents. Père professeur, mère secrétaire infirmière assistante sociale, technicienne libraire vendeuse. Père dentiste chef de bureau cadre agent d'assurances. Directeur de magasin. Urbaniste. Avocat.

Le prof arriva devant Momo. Tendit la main. Avisa un vide au bas de sa fiche. Plissa le front. Alors, on rêve ?

Sa mère disait pourquoi se rendre malheureux en enviant ceux qui sont heureux, tant qu'on est capable de travailler on n'a pas à se plaindre. Ne te plains jamais, Momo, jamais. Travaille. Avance.

Il empoigna son stylo, inscrivit à toute allure : mère travailleuse, tendit la fiche, sourit au prof.

CHACUN POUR SOI

Nous avons ralenti un peu avant le ravitaillement. Personne ne veut le rater. Déjà, dans une étape de plaine, mieux vaut ne pas oublier de s'alimenter. Mais dans la montagne, c'est interdit. On a un tel besoin de carburant que la panne sèche serait mortelle.

Au moment où l'on s'approche de la zone de ravitaillement, le groupe se détricote. Chacun pour soi. On ne songe plus à rouler. On cherche le type de l'équipe qui tend la musette sur le bord de la route. On le reconnaît à sa tête, quand on a bien l'habitude, ou au maillot de l'équipe qu'il a enfilé, parfois uniquement à sa casquette.

J'ai vite repéré Manu, un habitué. J'ai saisi la musette au vol, je la passe aussitôt autour de mon cou par la bride, la fais pivoter sur mon ventre pour inspecter le contenu en toute tranquillité. Du gâteau de riz sous papier alu, des barres énergétiques, de la pâte d'amandes vitaminée, des topettes de produit sucré, un bidon d'aliment liquide. Et des tartelettes parce que j'aime ça. Autour de moi, les autres coursiers agissent de même. Assis en arrière sur la selle, les deux mains dans la sacoche, ils fouillent. Nous avons tous faim, et tous envie de souffler un instant.

Le ravito, c'est la trêve. Seuls quelques fadas osent en profiter pour attaquer, mais en général la course est presque neutralisée pendant quelques minutes. Derrière nous, le peloton va lui aussi lever le pied et nous ne perdrons pas une seconde.

Je répartis soigneusement les aliments dans mes poches de maillot, et j'ôte la musette. Je la garde à la main jusqu'à voir sur le bord de la route une famille avec un gamin. Je la lui jette. Il a déjà la casquette à pois rouges que lui a donnée la caravane publicitaire, et un tas de babioles que ses parents tiennent dans les bras. Quand il a vu ce que je lui lançais, il a eu un sourire de matin de Noël.

Je mange. Peu de goût, mais des calories. Diététique. Pour la bonne bouffe, attendre la fin du Tour. Je remplis la chaudière.

Le groupe se reforme peu à peu. On revient à la course après l'entracte du ravitaillement. Et l'humeur a changé. Comme si le fait d'avoir mangé côte à côte avait fini de nous souder. Nous sommes sûrs désormais que notre sort est commun pendant un bon paquet de bornes encore. Des sourires s'échangent, quelques mots, des gestes aussi. On remet l'échappée en route.

J'ai pris la responsabilité de me coller aux manettes. Pas besoin de parler. Il suffit que quelqu'un se mette en tête et appuie sur les manivelles. Nous sommes maintenant rodés et nous connaissons nos rôles. Je mets deux dents de mieux et j'allume. Dans mon dos, je sens que le groupe se replace en file indienne et que chacun se tient prêt à assurer un relais quand son tour viendra.

Je me relève au bout de cinq cents mètres et je passe le flambeau au suivant. Pendant que je me laisse couler en queue de l'échappée, je me retourne. Entre les voitures, j'aperçois un coureur. Un homme seul qui revient sur nous. Rossi, déjà ? Il n'a tout de même pas sauté le ravito ? Ou alors nous avons beaucoup trop ralenti.

Pas grave. Un envoyé spécial du maillot jaune ne roule pas dans une échappée, il surveille. Dans une étape de plat, c'est ennuyeux parce que à s'économiser ainsi il peut jouer un sale tour à tout le monde et aller chercher la gagne à l'étape après avoir sucé les roues en ratagasse. Mais pas dans une étape de montagne. Et pas lui. Rossi n'est pas un escaladeur. Pas d'inquiétude.

J'ai attendu son retour en guettant du coin de l'œil. Comme prévu, il est venu se scotcher à l'arrière du groupe. J'ai pris le temps de vérifier qu'il se laissait seulement emmener sur notre porte-bagages et qu'il ne chercherait pas à casser notre rythme en prenant de faux relais. Mais non. Il se tient pépère au fond de la classe, et cela signifie que la Speranza et Scarpa ne se font pas trop de mouron au sujet de notre échappée. Parfait.

Nous entrons dans un temps de répit. Ce n'est que dans ces instants que je peux vraiment lever le nez du guidon. Quand je suis pris par la course, je ne regarde que la route, la pente, les concurrents. Le reste, couleurs, rumeurs, odeurs, je m'en fous. Mais là, puisque tout tourne rond, je lève enfin le nez. Je me donne du bon temps.

13. la houle heureuse des muscles

Au 37 B de la cité des Tulipes, dans leur appartement du cinquième étage, le lit de Momo était installé dans l'alcôve ouverte sur le séjour. La chambre était pour sa mère, et lorsque, rarement, il en poussait la porte, ce qui le frappait d'abord c'est que la pièce ne sentait rien. Rien du tout.

Les mères des copains, elles, avaient des odeurs. Elles se parfumaient. Pas la sienne. Savon de Marseille, rien d'autre. Quand elle revenait de ses ménages, elle se lavait longuement les mains. Utiliser du parfum ? Et quoi encore ? Pourquoi pas se mettre du Rimmel ? Allons donc. Pour les cocottes, pour les traînées. Celles qui veulent aguicher. Tu comprendras quand tu seras grand. Le sent-bon et le maquillage méfie-toi, mon petit, femme fardée et ciel pommelé ne sont pas de longue durée.

Les odeurs dans l'appartement venaient d'abord des fleurs que sa mère achetait sur le chemin du retour, des zinnias, un bouquet de soleils, des cosmos jaunes. Il lui arrivait de chanter pendant qu'elle emplissait un vase d'eau tiède, taillait les branches, arrangeait le bouquet, sens-moi ça, mon petit Momo, c'est de la lumière en couleurs dans la maison, *Avec ma gueule de métèque / De juif errant de pâtre grec / Et mes cheveux aux quatre vents*, elle fredonnait aussi des airs de sa jeunesse à elle, *Comme un p'tit coqu'licot, madame*, il s'approchait des fleurs, trouvait qu'elles ne sentaient rien, sa mère chantait *La chasse aux papillons* ou *Il suffit de passer le pont / C'est tout de suite l'aventure*, elle connaissait tout Brassens, *Je m'suis fait tout p'tit devant un' poupée / Qui fait maman quand on la touche*, elle se rappelait aussi un vieil air d'Annie Cordy, *Les trois bandits / pipo pipo / De Napoli*, et parfois un cantique incongru lui passait soudain par la tête, *Plus près de toi, mon Dieu / Plus près de toi*.

Momo l'écoutait, il reconnaissait certaines chansons entendues à la radio, *Tant pis si la route est longue / Nous ferons le tour du monde*, et il cherchait des parfums sans en trouver dans la maison.

Sa mère ne possédait en tout et pour tout qu'une bouteille d'eau de Cologne, et lorsqu'elle s'en servait, c'était mauvais signe. Momo le comprenait dès son réveil. S'il voyait fermée la porte de la chambre et qu'il percevait l'odeur vorace et mauve de l'eau de Cologne, il savait : jour de migraine. Jour de silence. Journée morte.

Il se levait sans bruit, se débarbouillait dans la minuscule salle de bains, préparait son petit déjeuner en retenant ses gestes, mangeait et rangeait la vaisselle en prenant garde à ne rien heurter. Silence absolu. Ne pas troubler le repos tourmenté de sa mère. La laisser dormir. Marcher sur la pointe des pieds. Surveiller les grincements de la chaise. Tourner les loquets lentement. Pas de tintement de casserole, ni de bol. Petit déjeuner de fantôme.

Emporter les bouquets sur le balcon : pas de senteurs trop fortes dans la maison. Exiler les fleurs.

De temps en temps, elle poussait la porte, traversait le séjour, pâle, si pâle, l'œil fixe et cave, en chemise de nuit, marchant à pas précautionneux. Elle n'avait pas un regard pour Momo, il l'entendait vomir aux W-C et, par la porte ouverte de la chambre, il entrevoyait un espace moite et obscur, volets fermés, rideaux tirés, une ombre poisseuse. Puis, quand elle était retournée se coucher, il sentait l'eau de Cologne. Elle s'en bassinait les tempes. Une fraîcheur peut-être. Un répit.

Quand la crise survenait un mercredi, il allait prévenir ses patrons. Ma mère s'excuse, elle ne viendra pas aujourd'hui, elle rattrapera les heures perdues. Il savait ce qu'il fallait dire, il récitait sa leçon, on le remerciait, on trouvait qu'il était un garçon sérieux.

Il ne prenait pas le bus, même pour aller à l'autre bout de la ville. Il courait. Au milieu des voitures, des passants, des marchés, des paroles, des cris, des vrombissements, des avertisseurs, des bourdonnements têtus des cyclomoteurs et des éclats de voix qui s'échappaient parfois des fenêtres ouvertes sur le jour, il filait sur les trottoirs et il aimait ces moments. Il laissait ses bras marquer la cadence en souplesse, sentait battre son cœur, surveillait son souffle égal, sa foulée économe, ses pas réguliers qui claquaient sur le sol. Il était à l'écoute de son corps en éprouvant la houle heureuse de ses muscles.

Il portait une paire de tennis que sa mère lui avait rapportée d'une des maisons où elle faisait des ménages, tu te rends compte, Momo, ils allaient jeter ces chaussures, trop vieilles pour leur fils ils ont dit, elles sont pourtant à peine usées, quand j'ai descendu leur poubelle je les ai récupérées, mises dans un sac en plastique, ils n'y ont vu que du feu, je suis sûre qu'elles te vont, Momo ne fais pas cette tête, à cheval donné on ne regarde pas les dents.

Il courait au milieu du vacarme de la ville et il se sentait bien.

PROFITER DU MOMENT

Une échappée au long cours connaît toujours ce genre de répit. Un temps où il ne se passe pas grand-chose d'important.

Les fuyards sont installés dans leur équipée, le peloton laisse venir, on entretient les écarts en attendant le moment de la vraie bataille, l'intensité baisse d'un cran. Les coureurs récitent la course.

Dans l'échappée, quelque chose se soude. Des complicités naissent. C'est comme si l'on s'habituait aux compagnons de route. On abat la besogne, mais au passage on se parle, on échange des infos, on se sourit, on se passe des bidons. On souffle. On profite de l'instant. Ce n'est pas encore le moment de sortir les poignards. Ce temps viendra. La proximité de l'arrivée, ou, comme aujourd'hui, l'approche des grosses difficultés fera exploser le groupe.

J'observe les montagnes qui nous attendent. Rien à voir avec la brutalité grandiose des Pyrénées, qui surgissent presque d'un coup et qui sont si souvent dans les brumes. L'abord des Alpes est plus aimable. Des vallées ouvertes, des prés opulents, des rivières aux eaux bleues. Les sommets ne se révèlent pas tout de suite, le chemin sent encore les vacances. Après, bien entendu, ce sera autre chose : la pente, la peine, l'horreur.

Les spectateurs tournent le dos au paysage. Ils se pressent au bord de la route. Partout. Des familles, des solitaires, des groupes. Assis, debout. Criant, applaudissant, agitant des pancartes, des banderoles, des panneaux rédigés à la gloire de tel ou tel coureur. On acclame le porteur du maillot jaune, ou du maillot à pois. Ou le chouchou de l'époque. Ou le régional de l'étape. Parfois, toute une équipe, avec des grappes d'admirateurs costumés à ses couleurs. Jamais je n'ai vu de banderole portant mon nom.

Je ne détaille pas la foule. C'est un décor. Une cloison vivante le long de la route. Ceux que je remarque, lorsque la course m'en laisse le temps, ce sont les enfants. Bien sûr ils sont venus pour la caravane publicitaire et ses babioles, et ils se fichent bien de la course et de ses tactiques. Mais leur visage s'éclaire quand les coureurs passent devant eux. On pourrait toucher leur bonheur avec la main. Les petits anges du Tour.

Il y a aussi les filles en maillot de bain, qu'on aperçoit parfois debout sur le bord de la route. Bronzées, légères, souriantes. Celles qui nous offrent en passant un morceau de rêve. Nous en plaisantons entre nous, une fois passée l'apparition. T'as remarqué la petite en bikini noir ? Tu parles, j'ai failli m'arrêter, t'aurais pas son adresse ? Et on roule, on roule, on roule. On finit par oublier le public qui s'amasse.

Sauf dans le dur des cols. Là, les spectateurs, nous n'y échappons plus. Mais c'est une autre histoire et à présent, nous n'en sommes vraiment plus loin, de cette histoire et de ses douleurs. J'ai hâte d'y être. Je ne crains pas de souffrir. On n'arrive à rien si l'on n'accepte pas de se faire mal.

14. vous trouvez que je n'ai pas assez d'ennuis comme ça ?

Le type avait débarqué à l'improviste au 37 B de la cité des Tulipes, au beau milieu du repas de midi. Madame, excusez-moi de vous déranger je suis comment employé à la mairie, service social, aide aux familles, on m'a dit que, il montrait dans un geste vague l'espace étroit de l'appartement, les meubles bon marché, la télévision noir et blanc, la couverture fatiguée recouvrant le lit de Momo dans l'alcôve du séjour, le petit meuble à étagères où il rangeait ses livres de classe, on m'a dit que, enfin j'ai appris, j'espère comment que je ne vous dérange pas est-ce que je peux entrer ?

Un brave homme, visiblement. Plein de bonnes intentions, de bonne volonté, de bonnes nouvelles.

La mère de Momo ne le laissa pas continuer. On vous a dit, qu'est-ce qu'on vous a dit ?

Il s'excusait, ne vous méprenez pas, madame, il ne s'agit pas d'une surveillance, je travaille au comment bureau d'aide sociale et c'est à ce titre n'est-ce pas que je me permets de comment venir vous déranger.

Il ne terminait pas ses phrases, hésitait, attendait qu'on le laisse entrer, qu'on lui permette de s'asseoir, de s'expliquer, de développer ses propositions, de montrer les papiers officiels contenus dans le cartable de cuir qu'il serrait à deux mains sur son ventre, il restait debout sur le palier, voulez-vous comment madame que je vous explique ?

Que vous m'expliquiez quoi ? Que je tiens mal ma maison ? Que j'élève mal mon fils ? D'un geste large du bras, elle désignait Momo, l'appartement, les rideaux blancs sur la fenêtre, le bouquet d'hortensias séchés posé sur la table vernie du salon.

Il protesta, pas du tout, il y a comment maldonne, ce n'est pas pour ça, en fait vous comprenez au bureau comment d'aide sociale, il n'achevait toujours pas ses phrases, sautait d'un pied sur l'autre, rougissait, c'était peut-être la première fois qu'on lui confiait une telle démarche, il ne savait pas s'y prendre, et la mère, d'une voix de glace que Momo ne lui connaissait pas, écoutez, monsieur, pas la peine d'insister, ma maison est tenue parfaitement et d'abord le ménage c'est mon métier, je travaille tous les jours que le Bon Dieu fait, si vous voulez voir mes fiches de paie je vous les montre quand vous voulez.

Et lui, bégayant, pas du tout, madame, au contraire, le bureau comment d'aide sociale, ainsi que son nom l'indique, sans doute vous avez droit à, il faudrait comment que je vérifie mais vous pourriez prétendre à des aides sociales, j'ai là tous les comment papiers qui, enfin je peux vous détailler les mesures, tout est là, il tapotait son cartable, l'ouvrait, farfouillait, tripotait des feuilles imprimées, la main jusqu'au poignet dans l'ombre de ses formulaires, cherchant le document idoine, et elle ne lui en laissa pas le temps, si c'est pour des aides vous pouvez remballer votre marchandise vous me prenez pour qui ? allez chercher du côté des pauvres et fichez-nous la paix.

Mais, madame, vous y avez comment droit, l'allocation, la prime, je vais vous détailler ça précisément, il n'avait toujours pas trouvé les bons formulaires, il parlait le nez dans son cartable, sortait enfin un papier, triomphait, et même un prêt comment à taux réduit si vous voulez, il souriait enfin, brandissait une liasse de papiers, un crédit compensé par la municipalité, son sourire s'élargissait, il tenait enfin le bon bout, les mots techniques le rassuraient, il était à son affaire.

Et en plus vous voulez que je m'endette ? Elle se mit en colère pour de bon, elle explosa, sa voix monta aux aigus. Vous trouvez que je n'ai pas assez d'ennuis comme ça ? Pas assez de peine à joindre les deux bouts ?

Il essaya de protester, ce n'était pas ça qu'il comment voulait dire, mais la mère était lancée, vos aides vous pouvez les garder je n'ai pas besoin qu'on me fasse l'aumône, on a sa dignité et vous venez m'insulter chez moi, devant mon fils, vous ne voulez pas non plus lui apprendre à tendre la main, apprenez que la main on ne la tend pas, on s'en sert pour travailler, celui qui travaille n'a rien à demander à personne et au revoir, monsieur, merci de votre visite et pas la peine de revenir.

Elle lui claqua presque la porte au nez. Momo la regarda. Elle était encore rouge de son coup de sang. Maman, dit-il, les Bourses pour moi, ce n'est pas une aide sociale ? Elle haussa les épaules, pour toi c'est autre chose, mon petit Momo. Puis elle alla donner un tour de clé à la porte d'entrée. Cet avorton qui voudrait qu'on vive de la charité publique, non mais, pour qui il se prend celui-là, tu as vu comment on l'a fichu dehors ?

Elle s'était tournée vers Momo. Elle lui souriait. Le rouge sur ses joues n'avait toujours pas disparu. Ses yeux brillaient. Jamais Momo ne l'avait trouvée aussi belle.

C'EST PLUS TARD QUE ÇA SE GÂTE

Impossible de se fier à un col comme Allos. Quand on l'aborde par le sud, il ne paie pas de mine dans les premières rampes. On a l'impression de pouvoir le monter au train. C'est plus tard que ça se gâte.

Tout le monde le sait. Dans les kilomètres précédant le pied du col, déjà, j'ai senti une gravité nouvelle dans le groupe. La plupart des coursiers ont appelé leur voiture. On a discuté tactique une dernière fois avec le directeur sportif. On a fait le plein de bidons neufs et de barres énergétiques. On s'est rassurés comme on pouvait.

Moi aussi je suis allé à la voiture. J'ai pris les nouvelles. Roger

Piano semblait confiant. Continue comme ça, vous avez près de cinq minutes d'avance. Pas plus ? Non, la Speranza a embrayé, mais sans forcer. Et Le Garric, il se sent prêt pour la bagarre ? T'inquiète pas pour lui, avec les potes qui l'entourent il est dans un fauteuil, mais toi, les jambes, c'est bon ? Je te dirai ça plus haut, file-moi un bidon.

Je m'éloigne déjà quand il me rappelle. Fred Montmartin insiste pour que tu remettes ton oreillette, si la bagarre commence il veut pouvoir te joindre. Je râle qu'il m'emmerde, Montmartin, il sait bien que je n'aime pas ça. Fais pas ta mauvaise tête, insiste Roger Piano, il y tient vraiment.

Je finis par obtempérer. Ce machin scotché sur l'oreille, je le déteste encore plus quand je grimpe. Lorsqu'on force vraiment, on a envie de tout balancer au fossé. Le bidon, le contenu des poches, le casque, les lunettes. Tout est lourd. Tout gêne. Même une oreillette.

Je recolle au groupe. Personne n'a envie de déclencher déjà les hostilités. Même dans la montée précédant les derniers lacets. Là où soudain tout changera. Là où la montagne se cabrera. Là où on se mettra en danseuse et où le souffle raccourcira. Là où la course pourra basculer. En attendant, on attend. On s'observe.

Le grand Loos s'est mis le premier à piocher. Il apprécie les gros braquets, il n'est pas à l'aise quand il faut tirer petit. Le rouleur hollandais qui l'a escorté dans sa sortie du peloton, tout à l'heure, paraît lui aussi à la peine. Je remonte le groupe sans trop forcer. Économise-toi. Roule en dedans. Ce n'est pas encore la bataille, gardes-en sous la pédale.

Devant, Rodchenko fixe l'allure. Une belle allure. Il a du répondant, l'Ukrainien. Et Baragan aussi. Cet Espagnol-là, je le tiens à l'œil, il semble facile. Loin d'avoir épuisé ses couronnes. Moulinant tranquillement. Sans taper dans ses réserves. Aérien. Un de ces montagnards secs et légers qui sont capables de vous coller un démarrage assassin. Celui-là, il faut que je le surveille de très près. Je me scotche dans sa roue.

Et le vacarme se met de la partie. Lors de mes premiers Tours, c'est ce qui m'avait le plus frappé. Ce bruit tout le temps. Depuis les clameurs des haut-parleurs au Village de départ, au moment où on signe la feuille, jusqu'aux vociférations des haut-parleurs à l'arrivée, en passant par la sono de la caravane publicitaire, les cris des spectateurs, les voitures, les avertisseurs, les motos, et surtout l'hélicoptère de la télé qui suit la course. Un boucan permanent. Qui s'accroît aux moments décisifs. Lorsque le raffut devient insupportable, c'est qu'on entre dans le vif du sujet.

L'hélicoptère vrombit juste au-dessus de nos têtes quand nous abordons les lacets terminaux d'Allos. Les spectateurs hurlent à nos oreilles, l'hélicoptère et les motos font un potin du diable, des voitures klaxonnent, je suis concentré sur la course, je n'entends rien.

15. le silence, c'est une pièce où rien ne traîne

Souvent, Momo rentrait seul de l'école. Il trouvait l'appartement vide. Tout était silencieux. Il tirait une chaise devant la table dans la cuisine déserte. Les pieds crissaient sur le carrelage. Il étalait ses livres et ses cahiers devant lui. Pour gagner de la place, il repoussait le plus loin possible le vase de fleurs sèches. L'époque des bouquets vivants était finie, et, des glorieux géraniums de l'été, il ne restait que des moignons tristes entreposés tête en bas dans un carton sous l'évier.

Il ouvrait sa trousse, sortait des crayons, des stylos. Sous sa main il sentait le contact froid de la toile cirée. La chaise gémissait à chacun de ses mouvements. Un son plaintif. Sa musique.

Il allumait la radio. Bla-bla, publicités, parlottes. Chansons. Pourquoi ne parvenait-il pas à s'y intéresser vraiment ? Ses copains, pourtant, ne parlaient que de ça. Michael Jackson Dire Straits Téléphone Johnny, ça va pas la tête, Téléphone c'est ringard, ils avaient leurs favoris, Bowie Prince les barbus de ZZ Top, t'as entendu Madona c'est de la bombe, les engouements passaient, le dernier single de Mylène Farmer c'est super top, je préfère Depeche Mode Jeanne Mas, ils s'enflammaient, Momo s'efforçait de participer à leurs discussions et il avait l'impression d'être à côté de la plaque. Parce que, lui, les chansons qu'il connaissait le mieux, c'étaient celles que fredonnait sa mère quand elle était à la maison, *Belles belles belles comme le jour, Mon petit Bambino, Un p'tit coin d'parapluie contre un coin d'paradis/Elle avait quelque chose d'un ange*. Ou *Ne me quitte pas*.

Pour les vêtements aussi, il était à l'écart. Les autres autour de lui se tenaient au courant des dernières modes, lorgnaient les sigles, les étiquettes, les griffes, les estampilles, comparaient les marques, Benetton Adidas Nike Lacoste Hugo Boss, tout le reste était pour eux ringard naze pourri pourrave, juste bon pour les nuls et les blaireaux.

Momo les écoutait parler, chantait en sourdine des chansons de Renaud qu'il venait de découvrir, *Camarade bourgeois camarade fils à papa regarde-toi ah ah ah regarde-toi ah ah ah*.

Seul dans l'appartement vide, il fredonnait les paroles de morceaux comme *Le gringalet*, *La fille du métro* lorsqu'il les entendait à la radio, mais il ne les cherchait pas. Il ne changeait pas de station. Chansons publicités chansons une page de pub chansons bla-bla et maintenant une page de pub. Il baissait le son. Il n'écoutait pas vraiment.

Dehors passaient peu de voitures. Ce n'était pas l'heure où les gens revenaient du travail. Les parkings étaient presque déserts. Momo se levait pour aller contempler les étendues noires de l'asphalte au pied des immeubles. Pas un passant. En face, un immeuble comme le sien. Des fenêtres, quelques lumières, des silhouettes rares. Il revenait à son travail sur la table de la cuisine.

Parfois, il écoutait une cassette. Souvent la même. Il n'en possédait pas des tonnes. Celle qu'il préférait, il l'avait dénichée en solde, des morceaux de blues, la guitare sèche et la voix cassée de Blind Lemon Jefferson, l'harmonica et la voix râpeuse de Sonny Boy Williamson, le piano et les accents déchirés de Bessie Smith. Il déchiffrait quelques paroles, essayait de les comprendre en écoutant plusieurs fois de suite le même morceau. C'était sa musique à lui, rien qu'à lui. Personne au collège n'écoutait ces airs-là, et, quand on lui demandait ce qu'il aimait comme musique, il répondait Sonny Rollins, John Lee Hooker ou Billie Holiday, en affectant un accent américain nasillard qui faisait toujours son petit effet.

Pour mieux écouter, il s'installait sur le canapé dans l'alcôve.

Il s'asseyait, ne s'allongeait pas. S'y coucher, c'était pour la nuit. Quand on dépliait le canapé. Le jour, la couverture qui le recouvrait cachait l'usure du tissu d'origine. Momo restait immobile jusqu'à la fin de la cassette. Pendant les mouvements lents, le son du magnétophone pleurait.

La télévision, il ne l'allumait pas. Que regarder ? Les dessins animés, merci bien. Les rires de la blonde maigre qui accomplissait tant d'efforts pour paraître dynamique, merci bien. Il préférait écouter ses cassettes.

Ou rien. Rêvant. Attendant. S'écorchant le cœur sur les notes du blues avec beaucoup de soin et de délicatesse.

Ou allant quelquefois ouvrir la porte de la dernière pièce. La chambre. La seule. Celle de sa mère. Il n'y pénétrait pas. Demeurait sur le seuil. Observait. Immobile. Apprenant le silence.

Le silence, c'est une pièce comme cette chambre, où rien ne traîne. C'est un espace sans odeur. C'est un fauteuil inutile. C'est une armoire close. C'est un miroir qui ne reflète qu'une immobilité tenace. C'est un coffret posé sur un guéridon, qui contient le livret de famille et d'autres papiers officiels qu'un enfant n'a pas à regarder. C'est ce qui est soustrait au regard et à la curiosité. Le silence, c'est une pièce où l'on n'entre pas. Et, au milieu de la chambre, c'est un dessus-de-lit d'un ocre fané, qu'un galon sévère rigidifie sur les bords et aux angles, au point de faire ressembler le lit tout entier à une boîte. Une boîte fermée. Pour toujours.

Le ciel s'ouvre devant nous, on approche du sommet, la pente devient sévère. Je tourne la tête, j'examine mes compagnons. Van Oudekerk est lourd. Mais ni Herzog ni Rossi. Ces deux-là montent à leur main. Le Suisse, ça ne m'étonne pas, il a une belle santé, et du métier. Mais Rossi, lui, il me surprend. Après la chasse qu'il a conduite pour nous rejoindre, il est souple, tranquille. Pourtant c'est un coureur de classiques. Au mieux un baroudeur de collines. Je n'aime pas son aisance aujourd'hui.

Ne pas m'affoler trop tôt. Il existe des coureurs qui sont experts à cacher leur jeu. On les croit fringants, ils coincent d'un seul coup. Ou alors ils vous posent une grenade quand on les croit à l'agonie. Ne t'occupe que de ta course. De ton souffle. De ton rythme.

Mon cardio m'indique que je suis encore loin du rouge. Je me sens bien. Tout entier dans mon effort. Concentré. À la bonne cadence. Je pense à l'expression italienne pour qualifier les bons musiciens : ils suivent *il tempo giusto*. Exactement ce que je veux.

Je pourrais accélérer l'allure. Rodchenko suivrait, et Herzog, et Baragan, et Rossi sans doute. Nous resterions cinq. Suffisant pour assurer la descente d'Allos, rouler dans la vallée, remonter vers Guillestre, attaquer l'Izoard ? Peut-être.

Mais pourquoi se priver de ceux qui pourront nous aider jusqu'au pied de l'Izoard ? Loos et son pote le rouleur, et Van Oudekerk sans doute aussi, peuvent assurer des relais dans les vallées. Est-ce malin de se passer d'eux trop tôt ?

Je n'ai encore rien décidé quand Montmartin m'appelle. Je dois appuyer sur l'oreillette pour l'entendre. Qu'est-ce que tu attends pour faire le ménage ? C'est le moment de foutre le bazar.

Je tripote le col de mon maillot pour approcher le micro de ma bouche. Pas d'accord, je dis. L'Izoard est encore loin.

Déconne pas. Les Speranza ont mis en route derrière vous, le peloton s'étire, vous n'aurez plus assez de marge au sommet s'ils insistent.

Pas d'accord, je répète. C'est pas ici que ça va friter. J'attends l'Izoard.

Tu m'emmerdes, dit Montmartin. Il coupe la communication.

En tête, Rodchenko continue à mener le bal. Herzog dans sa roue. Rossi sur leur porte-bagages. Et Baragan qui attend, là, juste devant moi. Les costauds. Je me retourne encore une fois. Personne n'est vraiment largué. Loos et les autres tirent la langue, ils s'accrochent, Van Oudekerk a perdu quelques longueurs, rien de définitif.

Je remonte Baragan, puis Rossi. Je les observe. L'œil clair, tous les deux. Loin de la rupture. Je mouline régulièrement. Petit développement. Nerveux. J'ai encore de la marge. Je double Herzog. C'est lui qui me détaille au passage. Je reste impassible. Je connais mon métier. Masque et bluff. Les vieux singes, les grimaces, ils connaissent.

Rodchenko se retourne à son tour. Il m'aperçoit dans sa roue. Se relève. Veut que je passe en tête. Pourquoi pas ? J'ai repéré son tempo et je n'ai pas l'intention d'accélérer. Pas tout de suite. Pas question de me dévoiler trop tôt. Je prends la tête. Assis. Montant au train. Un rythme solide, sans excès. Dans le dur des derniers kilomètres, c'est l'allure qui convient pour tirer tout le groupe et pour éviter les attaques.

C'est alors que Rodchenko démarre. Debout sur les pédales, le guidon par en dessous. Une sortie sèche, imparable. Un éclair rouge. Un rythme trop élevé pour moi. Je le laisse partir.

16. c'est pour les autres

Le temps filait. Les jours, les mois. Semaine après semaine, Momo s'habituait. Il prenait ses marques, il grandissait. Le collège Sainte-Marie à l'autre bout de la ville, quatrième, troisième, le lycée pro en perspective, encore un établissement privé, encore un saint, Saint-Vincent cette fois, et les retards continuels où il se complaisait, jamais il ne partait à l'heure de chez lui, un prétexte pour courir tout le long du chemin, je vais être en retard, il cavalait. Il connaissait les traîtrises du parcours, les aspérités du trottoir, les passages glissants, il calculait ses temps de passage, cherchait à établir des records, tant pis si ses godasses en prenaient un coup, sa mère quand elle voyait leur état en était accablée, économise-les s'il te plaît je ne peux pas t'en acheter d'autres avant longtemps, elle était retombée dans une mauvaise passe, le travail chez les avocats était fini, les ménages se faisaient rares, l'argent rentrait mal, on se débrouillait, on économisait, nouilles et pâtes, pâtes et nouilles, vêtements du Secours catholique et loyers en retard.

Momo s'en fichait. Il pensait à des records qu'il rêvait d'améliorer et qu'il notait au jour le jour dans un cahier spécial qu'il conservait dans son sac.

Au retour du collège, cependant, il ne courait pas. Il marchait avec ses copains. Une poignée, pas plus. Une petite bande. Quelques goûts communs, des plaisanteries partagées, le hasard des rencontres, un voisinage de banc, des connivences, une entente qui ne s'explique pas. Qui se ressemble s'assemble. Je te raccompagne, tu me raccompagnes, des allers-retours à n'en plus finir et des discussions sans limites.

Aucune des filles de la classe ne figurait dans leur bande. Ils avaient des conversations de garçons, des paroles de mecs. Les filles, c'était juste bon pour ricaner. Des idiotes, tu les touches ça pleurniche ça se plaint ça appelle sa mère, et en plus t'as vu de quoi elles causent, tu les as entendues, des fois c'est dingue, les fringues les chanteurs les vedettes le maquillage les trucs romantiques l'amour ah l'Amour, elles en bêlent, je te jure mon vieux quand tu les entends t'as de quoi péter les plombs, moi ma sœur mon père dit toujours qu'elle a des yeux de merlan frit, moi la mienne pareil, et puis ces connasses comme elles te regardent de haut, non mais pour qui elles se prennent, si tu veux voir le niveau t'as qu'à lire les citations qu'elles copient sur leur classeur putain que des conneries avec des petits cœurs autour, et puis cette façon de glousser quand elles sont entre elles, tu passes devant un groupe de gonzesses on dirait toujours qu'elles se foutent de ta gueule ça rigole en se tortillant oh les connes.

Quand ils en croisaient une dans la rue, ils la détaillaient tandis qu'elle s'approchait, ils risquaient en la croisant un ça va chérie ? ou un qu'est-ce que tu fais ce soir ? et quand elle s'éloignait ils se retournaient sur elle, sifflaient, ricanaient, t'as vu ce beau petit cul, eh chérie c'est ce soir qu'on se mélange ? elle s'éloignait la tête haute, le dos raide, ils criaient de loin va donc eh la pute, ils s'esclaffaient, se tapaient sur l'épaule, se donnaient des coups de poing, t'as vu comme elle a rougi, putain qu'est-ce que t'es con.

Ensuite, ils parlaient de foot. Les Verts ne gagneraient plus après le départ d'Herbin, c'était couru d'avance, et Platini ce type-là c'est un génie, les coups francs qu'il te plante en équipe de France t'es aux cages tu peux rien faire. Ils se lançaient dans d'interminables débats de spécialistes.

Quand même, certains soirs de printemps où des douceurs neuves rôdaient dans les rues, ils évoquaient la façon dont certaines filles se laissaient embrasser, comment elles acceptaient d'être pelotées, et Mathieu ou Norbert se vantait d'avoir déjà essayé, avec la langue je te jure elles aiment toutes ça, arrête tu frimes c'est tout de la balle, non mon vieux on était chez elle ses parents étaient partis je te raconte pas, même que j'ai mis la main sous son pull et qu'elle m'a laissé faire.

Des histoires. Des légendes. Des rêves.

C'est à cette époque, au milieu de l'année scolaire, après les vacances de février, que Marie-Odile débarqua au collège.

Le premier jour, Momo ne lui accorda aucun intérêt.

SAVOIR SE TENIR À SA PLACE

Je n'ai pas réagi. Pas varié d'un poil dans mon rythme. Rodchenko se fait la malle et je n'accélère pas.

La foule hurle autour de nous. Des rangs et des rangs de spectateurs qui crient. Envahissant les bords de la route. Rétrécissant

le passage. Bouffant l'air. Cassant la tête avec leurs clameurs. Une folie. Tendant les bras juste devant nous. Brandissant des appareils de photo. Tapage ramdam tintamarre. Excitation. Adrénaline.

Rodchenko a creusé le trou. Pas énorme. Je le détaille. Il a les mains en bas du guidon. S'écrasant les poumons. Respirant mal. Raréfiant l'oxygène. Condamné par conséquent à ralentir à un moment ou à un autre. Moi, je monte toujours la poitrine dégagée. Les poumons grand ouverts. Les poings à la potence. Sachant qu'on est toujours en dette d'oxygène dans les bosses.

Je baisse la fermeture à glissière de mon maillot. Je transpire, j'ai besoin de sentir le vent sur ma peau.

Herzog démarre à son tour. En cuissu. Sur un développement excessif. Pressé de rejoindre Rodchenko qui, là-bas devant, à une centaine de mètres, reste à présent en équilibre, sans créer d'écart supplémentaire.

Le boucan de l'hélicoptère qui nous survole bas en rajoute sur le vacarme. Et les motos. Les journalistes, les photographes, la télévision. Bruit, bruit, bruit.

Je jette un coup d'œil en arrière. Baragan et Rossi dans ma roue. Les autres ? Derrière encore. Loin ? Loos ? Les deux Hollandais ? Impossible de voir.

Baragan a profité de ce que je m'étais retourné pour prendre le relais. Et accélérer. Pas beaucoup, mais juste ce qu'il faut pour nous tester, Rossi et moi. J'avais raison de me méfier de cet Espagnol. Il monte en souplesse. Facile. Le salaud. Je me colle à sa roue. Rossi nous suit.

Le sommet approche. La foule a encore grossi et je ne peux même plus apercevoir Rodchenko et Herzog devant nous. Je ne vois que les motos. Et la foule qui se presse. Le passage est si

étroit que je ne pourrais même pas doubler Baragan si je tentais de le passer.

La route ne se dégage enfin que dans les derniers hectomètres. On voit la banderole du sommet. Et Rodchenko et Herzog qui la franchissent. Pas si éloignés qu'on ne puisse les rejoindre dans la descente. D'autant que Baragan accélère. Je m'accroche dans son sillage. Fonce, mon vieux, emmène-moi.

Au passage sur la ligne, Rossi surgit pour me doubler. Les points du Grand prix de la montagne ? Pas pour moi. J'appartiens au mince groupe de coureurs qui possèdent ce qu'il faut pour viser le maillot à pois, tout le monde le dit, mais il aurait fallu que je ne coure que pour cet objectif. Mon contrat me l'interdit. Je suis là pour aider Le Garric à gagner et j'honorerai mon contrat.

C'est mon dernier Tour et jamais je ne porterai le maillot du meilleur grimpeur. Je ne suis pas une vedette, je suis un équipier. Je sais me tenir à ma place.

17. juste parce que j'aime ça

Le premier jour, Marie-Odile avait expliqué son inscription en cours d'année, une mutation professionnelle de son père, la famille avait dû suivre, pas le choix. Et puis elle était allée s'installer au fond de la classe. Assise seule à une table. Et elle était restée seule aussi aux récréations. Ne frayant pas avec les autres élèves. Tenue à l'écart ? Peut-être. Pourquoi ? Va-t-en savoir avec les filles, disait Norbert ou Mathieu, elles compliquent toujours tout. Momo était bien d'accord. Les filles, c'est toujours la croix et la bannière pour les comprendre.

Quand même, il jetait des coups d'œil vers Marie-Odile. Une solitaire. Comme lui ? Silencieuse. Distante. Souriant peu.

Mais ses rares sourires, une illumination. Un arc-en-ciel. Il les guettait. Incapable de s'empêcher de l'observer. Les autres mecs de la bande haussaient les épaules, c'est une bêcheuse, elle ne parle à personne, pour qui elle se prend, une fille de bourge, une snob, elle pue le fric, t'as vu ses baskets ?

Momo écoutait d'une oreille. Acquiesçait. Contemplait en douce Marie-Odile. Elle penchait légèrement la tête sur le côté quand elle souriait, on aurait dit qu'elle s'excusait d'attirer l'attention, et à ce moment-là ses yeux se plissaient, il y brillait une lueur nouvelle, quelque chose y pétillait, comment s'empêcher de la regarder et de la regarder encore ?

Et comment l'aborder ?

Il attendit l'occasion, la saisit un jour où ils se trouvaient côte à côte dans l'escalier. Il désigna d'un coup de menton les chaussures de Marie-Odile. C'est des pompes pour la course, hein ? dit-il d'un ton aussi brusque que s'il avait critiqué un tel choix. Il se sentit rougir, détourna la tête. Tu avais remarqué, dit-elle, ça fait plaisir, les autres croient que c'est de la frime. Elle lui expliqua, il ne s'agissait que des chaussures qu'elle ne mettait plus en compétition, autant les user en les portant tous les jours. Il haussa les sourcils. De la compète ? Elle courait donc ? En club ? Oui, en athlé, du demi-fond, qu'est-ce que ça avait d'extraordinaire ? Il se défendit. Rien, absolument rien. Seulement voilà, il courait lui aussi, alors c'était pour ça que. Non, pas en club. Je veux dire, comme ça, pas plus. Pour le plaisir.

Elle s'arrêta pour le dévisager. C'est vrai que t'es mince comme un fondeur, toi, t'as essayé le 3 000 ? Pas même le 1 500 ? Momo était cramoisi. Non, jamais, je cours comme ça je te dis, pas de club, pas de licence, je cours juste parce que j'aime ça. Et parce qu'on me fout la paix quand je cours.

Elle l'observait comme si elle le détaillait. Penchant la tête très légèrement sur le côté. Fixant Momo les yeux dans ses yeux. Avec son putain de sourire et ce putain d'éclat lumineux dans le regard.

Ça te dirait, de venir courir avec moi mercredi ? dit-elle enfin. Mes parents n'ont pas encore eu le temps de m'inscrire dans un club, en attendant je dois m'entraîner toute seule, c'est pas marrant, tu veux pas m'accompagner ?

JUSQU'OÙ APPROCHER DE SA PEUR

J'accompagne Baragan et Rossi quand nous basculons au sommet avec une poignée de secondes de retard sur Herzog et Rodchenko. Pas de quoi s'inquiéter. La descente d'Allos, de ce côté, est longue et tortueuse et je pense bien que nous allons en profiter pour revenir sur les deux lascars qui nous ont faussé compagnie juste avant le sommet.

Je remonte la fermeture de mon maillot. Ne pas prendre froid dans la descente. Protéger les poumons, la trachée. C'est toujours dans la troisième semaine de course que surviennent ces saloperies. La première semaine, le service médical du Tour soigne les chutes. La deuxième, les tendinites et les accidents

musculaires. La troisième, les refroidissements. Les organismes sont fatigués, ils résistent mal. Raison de plus pour faire gaffe.

J'ai pris trop de temps pour ajuster ma tenue et boire. Erreur. Baragan et Rossi ne m'ont pas attendu. Ils ont plongé tête baissée dans la descente. Les rattraper au plus tôt. Je mets tout à droite. Le nez dans le guidon, ramassé sur moi-même, le dos plat, assis en bec de selle, j'allume.

Je ne suis pas un grand descendeur mais j'aime descendre vite. Foncer ne me fait pas peur. Même si je n'ai pas le talent des chamois patentés qui jouent avec les limites de l'équilibre et tutoient le danger en riant, je sais assez bien calculer les trajectoires et doser ma vitesse. Je sais jusqu'où approcher de ma peur.

Ils ne m'attendent pas, les deux zigotos devant moi. C'est Rossi qui mène le bal, à ce que je peux distinguer. Je l'aperçois de temps en temps au bout d'une ligne droite, mais à vrai dire je vois surtout les motos. C'est précieux, les motos qui vous précèdent dans une descente : leur trajectoire permet d'interpréter la courbe qui vient. Large, serrée, vicieuse, généreuse, traîtresse, ouverte. Il suffit de les observer pour être prévenu. Je les ai en point de mire. Bonne pioche.

Et puis, soudain, une voiture devant moi. Des journalistes, un petit canard de Petaouchnock, pas le temps de détailler la pub. Qu'est-ce qu'ils foutent là ? Qu'ils se rangent, nom de Dieu. Une voiture descend moins vite qu'un vélo dans une série de virages serrés. Elle va me ralentir. Je vois ses feux rouges s'allumer à tout bout de champ. La trouille. Le pilote n'est pas expérimenté, il ne joue pas avec les trajectoires, il conduit en puissance, accélérateur, freins, dérapage. Le con. Exactement ce qu'il ne faut pas faire.

Je calcule. Il prend ses virages trop large. Ma chance. Je risque le passage à la corde dans une courbe à gauche. Il se rabat quand je le double. Je hurle. Il me voit au dernier moment. Donne un coup de volant pour me laisser passer, freine en même temps. Part en dérapage. J'entends couiner les pneus. Puis le coup d'accélérateur pour retrouver sa ligne. Un nullard. Il va se prendre une avoinée de la direction du Tour, tant mieux.

Mes deux fuyards ne sont pas loin devant. Finalement j'ai peut-être profité de l'aspiration de la voiture dans les bouts droits. À la bonne heure. Je n'aurai pas besoin de me cramer pour rejoindre plus vite, je peux m'économiser un peu. Une descente conduite à fond pompe beaucoup d'énergie et je ne veux pas puiser dans mes réserves. Je commence à me détendre.

C'est alors que Loos me rejoint, me dépasse. Un abri rêvé pour moi, derrière son grand gabarit. Et lourd, avec ça. Il fonce. Une fusée. Je saute dans son sillage. À l'allure où il va, il va revenir sur Baragan et Rossi bien avant la fin de la descente, je n'ai qu'à me laisser aspirer. Je ne donne plus un coup de pédale. J'admire l'artiste. Un beau descendeur, Loos. Des trajectoires très pures. Belle efficacité. Il opère la jonction sans peine. Nous sommes quatre, à présent, pour chasser derrière Herzog et Rodchenko.

Ils n'ont aucune chance contre nous. C'est joué. Nous recollons aux fesses des deux fuyards sans forcer, et ensuite nous achevons ensemble la descente sans nous tirer la bourre. Aucun de nous n'est un néophyte, et nous savons tous que nous sommes condamnés à rester groupés puisque notre sort est désormais lié jusqu'au pied de l'Izoard.

Seuls les Hollandais sont restés sur le carreau. Nous voilà six en tête. Si l'on excepte Rossi, qui ne mènera pas un mètre, nous serons cinq pour assurer des relais dans la vallée, jusqu'à Guillestre, et probablement encore dans la vallée du Guil qui conduit au pied de l'Izoard. Ensuite, chacun pour soi. Jusque-là, pour peu que nous collaborions, nous pourrons résister au retour du peloton.

Il en est où, justement, le peloton ? Mon oreillette s'est décrochée pendant la descente. Je la remets. Rien. Une panne ?

Attendre que les voitures nous rejoignent et demander à Roger Piano. Je me retourne. Elles sont déjà là. Les pilotes de la caravane sont des chats. Sauf celui qui m'a emmerdé tout à l'heure. Mais les autres sont presque tous d'anciens coursiers, et le vélo leur a appris comment descendre. Je lève le bras pour appeler Roger Piano. D'autres membres de l'échappée font de même. Eux aussi veulent des renseignements sur la course. Et de quoi s'alimenter. Il suffit d'attendre son tour. Les voitures montent une à une à notre hauteur, ça discute un moment, la voiture ralentit, une autre prend sa place.

Quand mon tour arrive, je demande d'abord un bidon. Et quelque chose à grignoter. Et puis je m'informe. Comment ça se passe derrière ? Roger Piano grimace : Le Garric ne pète pas le feu, il tire la langue.

Je penche la tête sur mon guidon pour mieux entendre ce qu'il me raconte. Le Garric a été décroché sur la fin d'Allos, pendant que Scarpa et ses Speranza menaient le bal. Le peloton a explosé, et Le Garric a déboursé vingt secondes au sommet. Pas beaucoup en valeur absolue, mais trop, beaucoup trop quand on entend jouer la gagne.

Vingt secondes de retard sur Scarpa, mais vingt secondes également sur les autres candidats à la victoire finale, les Scharoun, Wright, Jeanneret, Bohigas. Sale information.

Je demande s'il a pu revenir dans la descente. Oui, il a pu.

Il va se refaire la cerise dans la vallée, je dis. Et dans l'Izoard il sera tout neuf, tu vas voir.

Je ne crois pas un mot de ce que je dis. Quand on est largué au sommet d'une bosse, on passe obligatoirement par la fenêtre dans la suivante. Le Garric est fichu.

Sauf si Scarpa connaît un coup de moins bien dans l'Izoard. Ce n'est pas exclu, et c'est notre seule chance. Mais c'est peu probable.

Je prends le temps de boire, et puis je ralentis. Qu'est-ce que tu fous ? il crie, Roger Piano. Je hausse les épaules, je ricane, ça se voit, non ? j'attends Le Garric, il va avoir besoin d'aide.

Devant moi, le groupe des échappés s'éloigne.

18. tu cours vachement bien, toi

Il retrouva Marie-Odile le mercredi dans le parc municipal des sports. Un espace immense, avec des pistes en stabilisé qui entouraient les terrains de foot, et, plus loin, à l'écart, des chemins de terre qui serpentaient au milieu des bosquets.

Il avait choisi un short propre, un sweat-shirt propre que sa mère avait déniché à Emmaüs, et il avait lavé ses tennis avant de venir. Une vieille paire. Effilochée sur les bords, les semelles sérieusement usées, mais vues de loin elles pouvaient passer pour de vraies chaussures de sport. Et puis il n'allait pas venir chaussé des godasses de ville qu'il portait tous les jours et avec lesquelles il courait dans les rues. Tant pis si les tennis étaient trop courtes d'une demi-pointure. L'ensemble de sa tenue était assez passe-partout pour ne pas attirer l'attention et c'était exactement ce qu'il souhaitait.

Marie-Odile siffla en le voyant arriver, eh bien toi au moins t'es pas un obsédé des sapes, t'as raison c'est plus cool. Elle portait un survêtement rose qui paraissait neuf, des tennis de compétition qui n'avaient pas beaucoup servi, et elle avait attaché ses cheveux en queue-de-cheval.

On choisit quoi ? dit Momo en s'efforçant de paraître lui aussi à l'aise, la piste ou les chemins ? Elle désigna d'un coup de menton le sentier qui partait devant eux, une piste de terre au milieu de l'herbe, on va par là tu viens ?

Elle avait une belle foulée. Régulière et légère. L'allure de quelqu'un qui sait courir et s'économiser. Momo courut à sa hauteur. Il ne parlait pas, surveillait sa respiration. Ils accomplirent côte à côte quelques centaines de mètres, jusqu'au moment où le sentier s'étrécit en abordant une courte butte. Ils se rapprochèrent sans y prendre garde, leurs épaules se frôlèrent. Momo s'excusa, s'écarta, laissa Marie-Odile le précéder. Il regarda la queue-de-cheval danser sur sa nuque. La masse lourde de la chevelure. Le cou si frêle. Les petits cheveux très fins au-dessus du col. Et l'ourlet tendre et fragile des oreilles que l'effort peu à peu colorait.

Il la rejoignit dans la descente. Se retrouva de nouveau à sa hauteur. Gardant la tête haute, le regard droit. S'obligeant à penser à leur course, rien qu'à leur course, à leurs foulées mesurées, à leurs souffles accordés, à la cadence égale de leurs pas.

Elle porta soudain une accélération dans une légère côte sous des bouleaux. Un démarrage. Il répondit aussitôt, revint sur elle sans effort, attendit, attaqua brusquement un peu plus loin en abordant un talus, sentit qu'elle s'accrochait et qu'elle devait forcer pour le suivre. Il tint la cadence jusqu'à la ligne droite sur le plat, s'offrit alors un sprint, accentua son effort, la terre meuble répondait bien sous ses pas, il n'était pas fatigué, il savait qu'il pourrait encore monter le rythme, et à ce moment précis il sentit l'ampoule au talon.

Il aurait dû s'y attendre. Ces tennis usées, il ne les avait pas chaussées depuis des mois, elles ne lui allaient plus, elles le blessaient maintenant à chaque pas, jamais il n'aurait dû les choisir. Il ralentit. Marie-Odile revint à sa hauteur. Alors toi tu as la gnaque, c'est bien de s'entraîner avec toi, on continue ?

Il hocha la tête, faire un autre tour, bien sûr, pourquoi pas ?

Lorsqu'ils s'arrêtèrent, après plusieurs tours du circuit, son mal avait empiré. L'ampoule avait crevé, le talon brûlait, peut-être même y avait-il maintenant du sang. Il refusa d'examiner sa blessure. Surtout ne rien montrer. Ne pas boiter. Ne pas laisser deviner la souffrance. Rester imperturbable. Il avait la sensation qu'un couteau lui tailladait le talon à chaque pas.

Dis donc, souffla Marie-Odile en reprenant sa respiration, les mains sur les genoux, tu cours vachement bien, toi. Elle se redressa, entreprit une série d'étirements en s'appuyant contre une barrière, épongea d'un revers de manche la sueur sur son front, et soudain, désignant les tennis de Momo : mais comment tu fais pour courir aussi bien avec ces machins pourris ?

NE VALOIR QU'UN ENTREFILET

Je roule les mains en haut du guidon et je regarde s'éloigner mes compagnons d'échappée. Je pourrais les rejoindre facile et je les laisse filer. J'attends Le Garric. Je sais qu'aucun commentateur du Tour ne consacrera un papier complet à mon sacrifice. On mentionnera seulement que Momo Bénadour a fait son travail d'équipier. Ce n'est qu'au moment où je quitterai le peloton qu'on me consacrera un article entier. On titrera *Retraite d'un équipier modèle*, on écrira que j'aurais sans doute pu connaître une meilleure carrière si j'avais couru pour ma pomme, et ce sera tout. En attendant, je ne vaux qu'un entrefilet.

Roger Piano revient à ma hauteur. Il gueule, qu'est-ce que tu déconnes, roule, nom de Dieu, roule. Par-dessus mon épaule je désigne du pouce l'espace dans mon dos, il est encore loin Le Garric ? T'inquiète, crie Roger Piano, il est remonté dans les premiers rangs du peloton, on contrôle, ça va, mais Fred est furax, j'ai cru qu'il avalait son micro quand je lui ai dit que tu te relevais, remets ton oreillette tu vas l'entendre chanter.

J'ai à peine le temps d'expliquer la panne de l'oreillette que le mécano passe le torse par la portière arrière, se penche sur moi, tripote les fils dans mon maillot. Il a la moitié du corps hors de l'habitacle, une moto de la télé s'est approchée pour filmer cette réparation d'acrobate, je m'accroche à la portière, je me laisse tirer sans pédaler, l'oreillette grésille, tu m'entends ? interroge Montmartin, j'approche le micro de mes lèvres, bien à l'abri derrière le col relevé de mon maillot pour éviter le bruit produit par le vent sur le micro, Le Garric a du monde avec lui ? je demande, et Montmartin crie t'as pété un plomb ou quoi ?

Il ne me laisse pas répondre, il parle à toute allure, t'en fais pas pour Romain, il est bien entouré, la fine équipe, Forneul, Saumon, Cornière, les deux Mouzon, occupe-toi plutôt de maintenir l'écart avec le peloton jusqu'à l'Izoard, vous avez 5'15" d'avance, de quoi voir venir, roule devant, bordel.

J'interromps la liaison. Pas besoin de causer plus longtemps. Je réfléchis. C'est vrai que les grosses équipes derrière n'ont pas intérêt à rouler à fond la caisse pour recoller trop vite : les gros bras ne veulent pas épuiser leurs troupes avant l'explication finale. L'avance de l'échappée va fondre gentiment jusqu'au dernier col, et on ne tirera les couteaux que plus tard. Montmartin a raison. J'ai paniqué trop tôt. Manque de sang-froid. Qu'est-ce qui m'a pris ? À moi de rattraper ma boulette. Je me lance à la poursuite de Rodchenko et consorts, ils ne sont pas si loin, je fonce, Roger Piano corne à tout-va derrière moi comme dans un contre-la-montre, je tape dans mon capital énergie pour les rejoindre, je recolle, je souffle. Fin de la parenthèse. Je suis un con.

19. il est bizarre, ton copain

Pourries, mes godasses ? répliqua Momo, qu'est-ce que ça peut foutre puisque j'y suis bien pour courir ?

C'est comme tu veux, dit Marie-Odile, et elle ajouta aussitôt je dois puer la sueur, vivement la douche, viens, accompagne-moi à la maison c'est tout près, j'habite à côté.

Il suivit. Tandis qu'il marchait en s'obligeant à ne pas boiter, il lui jetait des coups d'œil de côté. Il se rappelait les histoires que racontaient les copains, comment ils avaient roulé une pelle à une fille, tu sais elles ne demandent que ça, elles font des mines mais c'est à toi de choisir le bon moment, je te jure, tu lui mets la main sur une épaule tu la regardes bien dans les yeux et si elle te laisse faire c'est gagné, à toi de conclure, mon vieux, mais ne mets pas la langue tout de suite, il y en a qui n'aiment pas, enfin c'est toi qui vois.

Et si c'était le moment d'oser ? S'il allait laisser passer sa chance à force d'hésiter ? Il leva la main pour la poser sur l'épaule de Marie-Odile.

Il esquissait son geste quand elle recula soudain le buste, baissa les yeux, les releva aussitôt, tiens tu boites ? je n'avais pas remarqué, une ampoule ? ne t'inquiète pas on est bientôt arrivés, c'est juste là.

C'était là en effet. Une villa parmi les autres maisons cossues de cette rue qui longeait la limite du parc. Un quartier rupin. Des grilles, des arbres, des pelouses tondues, des massifs de fleurs, des allées de gravier, des escaliers à balustrade, des marches de granit, des entrées orgueilleuses. Et Marie-Odile qui poussait la porte, précédait Momo dans un hall carrelé, lançait le haut de son survêtement sur un fauteuil, s'examinait au passage dans un miroir encadré de lourdes volutes de bois sombre, passait les doigts dans ses cheveux, ne s'arrêtait pas, entrait dans une pièce, tendait le bras pour désigner un canapé, ne fais pas attention au désordre on n'a pas encore fini de tout déballer.

Il resta sur le seuil. Fauteuils, chauffeuses, tables basses, guéridons, statuettes, gravures encadrées, tableaux, tapis, dorures, moulures, cheminée, trumeau. Davantage de meubles dans ce salon que dans les deux pièces de la cité des Tulipes. Installe-toi, dit Marie-Odile, fais comme chez toi, je vais me doucher la première.

Il s'assit sur le canapé, les fesses au bord du siège, le dos droit, sans oser s'appuyer. La sueur collait le sweat-shirt à son dos et il craignait de tacher le velours bleu roi du dossier. Il attendit. Finit par poser les coudes sur ses genoux. Demeura longtemps dans cette posture, figé, crispé, et même lorsqu'il se détendit un peu et se mit à détailler le décor, seule sa tête remuait, pivotant à droite, à gauche, tandis que son corps restait immobile.

Marie-Odile revint en sifflotant. Elle était en peignoir, pieds nus sur les tapis, nouant ses cheveux dans une serviette de toilette, quel bonheur de prendre une douche vas-y je te laisse la place tu trouveras des serviettes propres sur le bord de la baignoire, elle avait une voix que Momo ne reconnaissait pas, plus la moindre ressemblance avec l'élève timide qui se tenait dans son coin au collège, ici elle montrait une assurance qui la vieillissait, d'ailleurs cette serviette nouée en turban sur la tête lui donnait l'air d'une femme, elle se laissa tomber dans un fauteuil crapaud profond, croisa les jambes, qu'est-ce que tu attends pour aller prendre ta douche c'est la troisième porte à gauche à l'étage tu trouveras facilement, le peignoir s'était ouvert sur ses cuisses et Momo se retenait pour ne pas fixer l'ombre devinée, il ne se levait toujours pas, il avala sa salive, sentit qu'il se mettait à rougir, ouvrit la bouche, ne dit rien, essaya de sourire, se reprit, toussa, détourna le regard.

L'irruption de la mère de Marie-Odile lui sauva la mise. Des talons qui claquaient sur le parquet, un tailleur sombre, des escarpins, un chignon impeccable, un collier de perles. Et tout de suite cette affabilité pour accueillir le visiteur, les bonnes manières, les politesses, vous êtes un ami de Marie-Odile ? mon Dieu, Marie-Odile, comment peux-tu recevoir tes amis de cette façon tu ne lui as même pas offert un verre, je ne sais pas ce qui te passe par la tête, de l'orangeade un Perrier, vous voulez une orangeade ? enfin, Marie-Odile, tu aurais pu voir que ton ami est fatigué vous êtes tout en sueur vous avez couru ? mettez-vous à votre aise, alors comme cela vous êtes un camarade de classe de Marie-Odile ?

Momo se leva sans répondre. Il savait que la sueur collait ses cheveux emmêlés sur son front, que des traînées de sueur maculaient son sweat-shirt, qu'il sentait la transpiration, que ses tennis usées paraissaient dans cette pièce plus vieilles et plus sales et plus pauvres encore qu'elles n'étaient en réalité, et qu'il n'avait aucun moyen de présenter un autre visage.

Il bafouilla je dois y aller. Salua d'un vague mouvement de tête. Sortit du salon en boitant.

Il était dans le hall, près de la porte d'entrée, quand il entendit la voix de la mère : il est bizarre, ton copain, où est-ce que tu as pêché un oiseau pareil, il ressemble à un Arabe et il pue comme un chien mouillé.

RUMINER DE SALES IDÉES

Pendant quelques bornes, je reste dans les roues pour me refaire une santé après mon effort. Ça roule. Les gars tirent des bouts pour emmener l'échappée. Un coup l'un, un coup l'autre.

Chacun sa part de boulot. Même Rossi s'y colle, maintenant. Il a dû recevoir des consignes. Sa tactique est claire et ressemble trait pour trait à la mienne : maintenir un écart suffisant jusqu'à l'Izoard, attendre alors le retour de son chef de file dans les premières rampes, et se dépouiller pour le tirer le plus loin possible vers le sommet.

Je prends un relais à mon tour. Nous sommes six à rouler maintenant, et aucun ne triche dans cette vallée qui n'en finit plus. Mais il y a quelque chose de mécanique dans notre avance. Nous assurons notre travail, nous entretenons la situation en attendant que le peloton passe aux choses sérieuses, l'enthousiasme de l'aventure est à présent derrière nous. Devant nous, il y a la peur de perdre, et nous reculons le moment de l'affronter.

Je n'arrête pas de penser à ma panique tout à l'heure. Pourquoi me suis-je affolé ? Comme si j'avais cherché une petite gloire à me sacrifier. Un orgueil à me rabaisser. Crétin que je suis. J'imagine le travail de Forneul, Saumon, Cornière, les deux Mouzon qui épaulent Le Garric. Leur expérience. Leur solidité. Ce qu'ils peuvent avoir de rassurant pour leur chef de file. Oui, il doit se sentir mieux de les voir autour de lui. Après tout, il n'a peut-être connu qu'une faiblesse passagère sur la fin d'Allos. Ce sont des choses qui arrivent. On craque sur une accélération brutale des adversaires mais on revient quand on a la sagesse de monter à sa main.

À moins qu'il n'ait tenté un coup de bluff ? Sachant qu'il allait recoller dans la descente, il leur a peut-être joué la comédie pour les pousser à dépenser leurs forces trop vite et trop tôt dans l'espoir de le lâcher, afin de mieux les surprendre quand la vraie bagarre se déclenchera. Ce serait bien une astuce dans le goût de Fred Montmartin.

J'essaie de me rassurer. Difficile. Je rumine de sales idées. Je pédale consciencieusement, je prends les relais quand vient mon tour, j'accomplis mon devoir et le doute ne me quitte plus.

L'hélicoptère continue à rôder au-dessus de nos têtes. Ce tintamarre m'empêche de me concentrer. Je voudrais être seul. Ne pas entendre le tohu-bohu de la caravane, ne pas adapter ma course à celle des autres, ne plus être obligé sans arrêt de penser à la tactique. Rouler pour moi. Dans le silence. Sans autre bruit que le chant des roues sur le goudron. Seul au milieu du paysage. Seul dans une montée. Seul sur les pentes d'une montagne trop grande pour moi.

Je n'ai jamais aimé rouler en peloton. Le peloton est une sale bête. On frotte, on intimide, on s'éjecte. Des coureurs montent, d'autres descendent. Les plus culottés s'assurent les bonnes places, les autres giclent. La jungle.

En fin de compte, je suis un solitaire. Et sur le Tour on n'est jamais seul. Toujours du monde sur le dos, toujours. La vie collective. Repas, peloton, équipe, journalistes, spectateurs, foule. Tout le temps. Je ne suis pas fait pour cette vie.

Même le nom des copains, je l'oublie parfois. Si on me le demandait, je serais incapable de retrouver le nom du coéquipier dont j'ai partagé la chambre lors de mon premier Tour. Et lors du deuxième, lors du troisième, ainsi de suite. J'en suis à mon septième et dernier Tour, et je ne me souviens ni des chambres d'hôtel ni de mes équipiers.

D'ailleurs, dans les chambres, le soir, je cause peu. Parler de filles ou de voitures jusqu'à minuit ? Merci bien. Écouter radio tam-tam ? Pour d'autres. J'ai besoin de silence. Je suis un mauvais compère. Un taiseux. Et alors ? Je pense à la course, j'écoute mon corps, le reste je m'en balance.

20. « à quoi ça sert de vivre et tout ? »

Dès le lendemain, il évita Marie-Odile. Fini terminé liquidé. Deux étrangers dans la même classe. Comme si rien ne s'était passé. Un salut de loin en loin, pas plus. Qu'elle aille se faire voir.

Il ne décolérait pas. Une rage amère, désespérée. Les autres filles ? Dans le même sac, et les copains pas mieux servis. Tous des salauds. Pas un pour sauver l'autre. Tous à le considérer de haut. À le mépriser. C'est qu'il le savait maintenant, il était un type à puer le chien mouillé, toujours, en toute circonstance. Toute sa vie. Un pouilleux, en somme. Le petit pauvre du collège Sainte-Marie.

Ah bon ? Le petit pauvre ? Eh bien il allait leur en donner, du va-nu-pieds, du loqueteux, du crado. Par ici la pitié. Ils voulaient du misérable, il allait leur en donner pour leur argent. Les fringues les plus élimées qu'il possédait, il les arbora méthodiquement. Chandails troués. Pantalons tachés. Godasses déchirées. Là-dessus, la tignasse embrouillée, les ongles en deuil, les doigts mâchurés, au diable le savon, voyez donc le sans-le-sou qui vous côtoie tous les jours, regardez-le bien en face le pégreleux, il vous emmerde tous.

On se détourna de lui. Adieu les copains. Et alors ? Au moins, quand on est seul, on n'a pas de politesses à rendre. Personne à supporter. On reste dans son coin. Un bon moyen pour récolter moins de coups et moins d'humiliations. La solitude, au fond, est confortable.

Les résultats scolaires ? Quel intérêt ? Service minimum. Juste ce qu'il fallait pour ne pas couler totalement. Les professeurs tentèrent de le secouer. Élève qui ne s'implique pas assez. Se contente du minimum. Doit se résoudre à un réel effort pour redresser la barre et intégrer le lycée technique Saint-Vincent.

Et cette annotation du prof de français : a sans doute des capacités, mais devrait mieux orienter sa révolte.

Il en avait de bonnes, ce pédagogue à la mords-moi le nœud. Comment aurait-il réagi, lui, s'il avait été à la place de Momo ? À la maison, l'existence allait de mauvaises passes en embellies courtes. Des hauts et des bas, plus de bas que de hauts. Comment finir le mois ? Les petits boulots de sa mère. Et toujours son refus des aides sociales. On s'en tirera, on n'est pas des assistés. Il faut savoir se contenter de ce qu'on a. Pauvreté n'est pas vice. Souvent les pauvres sont seuls au monde, c'est comme ça. Nul bien sans peine.

Courir ne lui apportait plus le même soulagement qu'avant. Il essayait malgré tout. Il se lançait dans des parcours éprouvants, s'obligeait à frôler ses limites, s'assignait des records à battre, multipliait les difficultés, martyrisait ses jambes et ses poumons, s'épuisait, se faisait mal à en pleurer. La paix ne venait toujours pas.

Il repensait parfois à Marie-Odile. Il imaginait la villa. La salle de bains. Les peignoirs épais, les tapis, les sels et les parfums, une baignoire longue à s'y coucher, Marie-Odile dans l'eau tiède. Nue. Sa peau, son sourire. Sa poitrine. Son ventre. L'ombre. Ses poils. Plaisirs solitaires.

Quand il sortait de ces émois brefs et maussades, il comparait avec la salle de bains de la cité des Tulipes, un cagibi encombré, machine à laver, linge sale, baignoire sabot, douche déglinguée, le carrelage qui foutait le camp et l'Office HLM qui s'en fichait, les habits qui séchaient, l'odeur de moisi, les collants de sa mère trempant dans le petit lavabo, ses culottes, ses soutiens-gorge délavés et mous, pourquoi pensait-il à ça, merde et merde. Que la terre entière aille se faire foutre.

Il dénicha une cassette de François Béranger, *Je suis né dans un p'tit village / Qu'a un nom pas du tout commun*, il la passait en boucle, *J'en suis encore à m'demander / Après tant et tant d'années*, il reprenait les paroles au refrain, *À quoi ça sert de vivre et tout / À quoi ça sert en bref d'êtr' né ?* Oui, à quoi ça sert ? Pourquoi insister ? Vivre un peu mieux, un peu moins mal ? Se battre ne servait à rien. Le destin est le destin. On est comme on est. Comme ça et pas autrement. Laisse tomber les illusions.

Il faucha dans un supermarché une cassette de Renaud, *J'irai plus dans vos boums / Ell's sont tristes à pleurer / Comme un sourir' de clown / Comm' la pluie sur l'été*. Oui, piquer des objets dans les magasins, pourquoi pas ? Pour ce qu'ils se fourguaient dans les poches, les marchands, c'était justice. Et puis, voler, un sport comme un autre, non ? Mieux que la course en tout cas.

Il diminua la longueur de ses parcours. Espaça ses sorties. Réduisit encore les épreuves qu'il s'imposait et qu'il n'avait plus envie de s'imposer. Finit par ne même plus cavaler sur les trottoirs comme il l'avait toujours fait pour se rendre ici ou là dans la ville.

Quelle folie l'avait donc habité, depuis si longtemps, à courir toujours et partout ? Courir après quoi ? Aucun but ne valait tant de peine. Il écoutait ses cassettes, *Camarad' bourgeois camarad' fils à papa regard'-toi ah ah ah, regard'-toi ah ah ah*, au fond rien n'avait d'importance, pas de raison de s'obstiner.

Lorsqu'il quitta le collège Sainte-Marie pour s'inscrire dans le lycée technique Saint-Vincent, il décida de mettre un terme à sa vieille obsession de la course. Point final et qu'on n'en parle plus. Plus jamais.

RÉGLER LES COMPTES

Le règlement de comptes, ce n'était pas pour tout de suite. Tant qu'on est restés dans la vallée de la Durance, tout le monde a collaboré dans l'échappée. Et puis, soudain, au moment du coup de cul dans Guillestre, Herzog visse la poignée sans prévenir et aussitôt le groupe s'étire. Loos lâche prise, d'un seul coup. Le changement de rythme. Le changement de braquet aussi. C'est toujours un sale moment pour les cuisses de passer du 52 au 42. Loos ne digère pas ce changement. Il sombre.

Herzog insiste. C'est surprenant. Pourquoi attaquer ici ? Le profil de la vallée du Guil ne suffit pas à creuser des différences. Ce n'est pas une route pour des rouleurs, pas non plus pour des grimpeurs, c'est une route pour personne. Elle est sournoise, on a l'impression de ne pas y avancer. On n'attaque pas ici. Un briscard comme Herzog le sait forcément. Et puis il ne peut pas ignorer qu'on ne va pas le laisser partir, qu'on va s'accrocher à ses basques, qu'il va produire un effort en pure perte.

À moins qu'il ne se sente fort. Très fort. Dans un grand jour. Dans une forme à faire péter les compteurs. Capable de nous larguer à la pédale sur un terrain qui ne se prête pas à ce genre de manœuvre.

Ou alors il est désespéré. Il tente un coup de poker.

Il ne se relève pas, le Suisse. Il roule grand plateau. Rossi a pris sa roue, et les autres derrière tirent la langue. J'occupe la dernière place, j'observe. Rossi et Rodchenko forcent. Pas Baragan. Rien de crispé dans son coup de pédale. Rien de dur. Du fluide, du léger, du délié. Il est dans un bon jour et il attend son heure, c'est visible. Pour l'instant, il se contente de suivre le rythme imposé par Herzog. Un rythme à s'étouffer. Un cran trop haut pour Rossi, qui commence à céder du terrain. Une longueur, deux. Rodchenko hésite à le passer pour aller chercher Herzog, il se retourne pour voir où nous en sommes, il constate que ni Baragan ni moi ne faisons mine de démarrer. Alors il se relève, et Herzog s'en va pour de bon.

Pendant quelques centaines de mètres, nous nous regardons en chiens de faïence. Personne ne se décide à prendre la responsabilité de la chasse. Nous ralentissons. Danger. Si personne ne va chercher le Suisse maintenant, il va creuser un écart irrémédiable.

Je jaillis. Un réflexe. Sur le petit plateau d'abord pour la nervosité de l'attaque. Puis sur la plaque dès que j'ai trouvé le rythme. J'appuie sur les manivelles comme un rouleur que je ne suis pas. Mais l'excitation de l'attaque me porte. L'adrénaline. Et même le vent de la vitesse. Et ce jeu de viser une cible située en avant. Et la satisfaction de sentir que mes jambes et mon souffle résistent à un pareil changement de rythme.

Herzog a beau filer un train d'enfer, je suis certain de le rejoindre.

En même temps, je me demande si je ne fais pas une connerie. Après tout, ce type-là ne m'a pas particulièrement impressionné jusqu'ici. Même s'il roule fort dans cette vallée comment pourra-t-il maintenir son avance dans l'Izoard ? Il peut nous lâcher sur un coup de force, mais pas résister à un gars comme Baragan quand on abordera la vraie montagne. C'est l'Espagnol que je devrais surveiller, pas le Suisse.

Et puis, même si Herzog s'en va tout seul, quelle importance ? Il filera devant, voilà tout. Il nous damera le pion à Briançon. Tant mieux pour lui. Je ne suis pas là pour gagner l'étape, je suis là pour aider Le Garric dans l'Izoard lorsqu'il nous rejoindra. Rien d'autre. Pourquoi chercher à rejoindre le Suisse ? Je coupe mon effort.

Rodchenko, Rossi et Baragan me passent. Je me colle dans leurs roues. Ils ne roulent pas fort. Qui va mener, désormais ? Herzog s'échappe. Ils ne se décident pas. Il y a un flottement.

Finalement c'est Rossi qui se résout à prendre les commandes. Les autres suivent. Moi aussi, mais derrière, à l'abri. Je suis décidé à ne plus me montrer. Je m'en veux de ma réaction quand j'ai chassé tout à l'heure : j'ai dévoilé mon jeu, tout le monde a pu constater que j'en avais sous la pédale, maintenant on va m'avoir à l'œil. Une erreur de débutant.

Une ? Plutôt deux : je n'oublie pas la lubie que j'ai eue de vouloir jouer les saint-bernard pour Le Garric. Je roule comme un crétin. Mauvaises décisions, mauvaise inspiration, mauvais jour.

21. une minute pour commettre une bêtise

Momo, je me fais du souci pour toi. Écoute-moi, écoute ta mère. Je vois bien que ça ne va pas. Qu'est-ce qui se passe ?

Tu ne cours même plus. Tes professeurs me disent que tu ne travailles plus, ils ne sont même pas sûrs que tu puisses passer au lycée professionnel. Il y a quelque chose qui t'ennuie ? Quoi ?

Tu m'écoutes ?

Momo, depuis que tu ne cours plus, tu traînes dans les rues et ça me fait peur. Au lieu de revenir tout de suite à la maison, tu t'attardes. Où est-ce que tu vas ? Jure-moi que tu es prudent. Ne va pas te lancer dans des bêtises, des choses que tu regretterais.

Regarde-moi quand je te parle.

Je sais, ce n'est pas bon de rester toujours seul, mais il faut bien que j'aille les assurer, les ménages. Dans la vie, rien ne tombe tout rôti dans le bec.

Écoute-moi, c'est important. Fais attention à tes fréquentations, on glisse si vite sur une mauvaise pente. Ne te laisse pas entraîner. Le diable ne dort jamais. Une minute suffit pour commettre une bêtise, et il faut dix ans pour la regretter.

Ne te laisse pas éblouir par n'importe quoi. Méfie-toi des illusions, tout ce qui brille n'est pas d'or.

Écoute bien ce que je vais te dire, Momo. Je ne sais pas qui tu rencontres dans les rues où tu traînes, mais évite les mauvais camarades. À ton âge on est trop confiant et c'est là que les ennuis commencent. Les ennuis viennent plus vite que les cadeaux.

Pas besoin de tourner la tête quand je te parle. Tu pourrais au moins faire semblant de m'écouter.

Momo, je m'inquiète. Bien sûr à ton âge on a le sang chaud mais ne va pas suivre des filles sans réfléchir. Un beau sourire n'a qu'un temps. On rencontre plus vite une mauvaise femme qu'une gentille fille. Course au jupon fait le dindon. Tu sais ce qu'il disait, ton père ? Qui cherche le mal le trouve. Femme et vin, venin.

Tu as le temps, Momo, ne va pas courir les filles.

J'ai peur pour toi, Momo. Je voudrais tellement que tu ne tournes pas mal. Momo, promets-moi que tu ne feras pas de bêtises, j'en mourrais.

Regarde, je n'ai pas eu une vie facile et pourtant on n'a jamais mal tourné. Ça aurait pu être tellement pire. Quand on travaille, on peut toujours tenir la tête hors de l'eau. Le travail, c'est tout ce qui compte.

Seulement il faut savoir se mesurer. Se contenter de ce qu'on a. Ne pas avoir les yeux plus grands que le ventre.

Tu sais, l'argent ne pousse pas sur les arbres. Il faut en baver pour le gagner. C'est si lentement gagné et si vite évaporé. Ne le jette jamais par les fenêtres. Et ne crois pas qu'on est plus heureux quand on en a beaucoup. L'argent est un bon serviteur et un mauvais maître.

C'est pour ça qu'il faut te méfier de tous ceux qui ont l'air d'en avoir plein les poches. Ils donnent l'impression que tout est facile pour eux, ça éblouit, mais c'est rarement honnête. N'oublie pas, Momo, n'oublie jamais, les loups changent de poil mais pas de nature. Méfie-toi. Ne compte pas sur les autres, ne fais confiance qu'à toi, à ton travail. On n'est jamais si bien servi que par soi-même, mets-toi ça dans la tête et ne l'oublie pas.

Je me planque dans les roues durant tout le parcours dans la vallée. De temps en temps, j'assure un relais, mais sans excès. Calme, mesuré. Abattant ma part de travail dans le groupe et rien de plus. À chacun son tour de prendre le vent et de tirer les autres derrière lui. Une bonne collaboration. Juste ce qu'il faut pour maintenir d'un côté notre avance sur le peloton, et, de l'autre côté, garder un contact avec Herzog qui caracole devant nous.

L'ardoisier nous a renseignés. Le Suisse n'est pas parvenu à nous prendre plus d'une trentaine de secondes. Mais le peloton, lui, revient. Et vite. Notre avance passe sous les quatre minutes. Nous payons comptant l'hésitation que nous avons montrée après l'attaque de Herzog, et aussi le flottement qui a suivi le moment où je me suis relevé après ma poursuite avortée.

Pas la peine de m'inquiéter tout de suite. On verra quand on sera dans le dur. Pour l'instant, je n'ai qu'à bien m'abriter lorsque je ne prends pas le relais, et à ne pas tout donner quand j'en assure un. Et à m'alimenter. Boire, manger. Nourrir le moteur. Dans une étape, le corps brûle dans les 7 000 calories, et il ne peut en stocker que 2 000. Si on ne fait pas régulièrement le plein de carburant, c'est la panne sèche : la fringale, le coup de bambou assuré.

Roger Piano n'a même pas eu besoin de me rappeler ces recommandations quand je suis allé aux nouvelles à sa voiture. Il m'a juste tendu un bidon. Eau, sels minéraux, magnésium, sodium, potassium, antioxydants. J'ai aussi reçu une dose de liquide énergétique dans une poche plastique, qui ressemble à ces friandises qu'on suçait à l'école primaire.

Je suis resté un instant à côté de la voiture. Et Le Garric ? Toujours avec Ettore Scarpa ? Toujours entouré des copains ? Toujours. Pas de souci. Et les autres ? Ils sont comment ? Les gros bras, les Scharoun, les Wright, les Jeanneret, les Bohigas ? Ils attendent l'Izoard eux aussi. Mais les équipiers d'Earl Wright viennent de prendre la direction des opérations après Guillestre. Ils durcissent la course. Le peloton a embrayé, il s'est mis en file indienne, il s'effiloche par l'arrière.

Et notre avance ?

Dans les 3'50. Même moins. Elle diminue à vue d'œil.

Espérons que ça suffira, je dis, et Roger Piano cligne de l'œil, réserve-toi jusqu'aux premiers lacets de l'Izoard, il dit, après on verra.

J'acquiesce avant de rejoindre le groupe. On approche du grand virage à gauche avant Château-Queyras, avec la pancarte Izoard 15 km. La porte de l'enfer.

22. tu serres les dents et tu tiens le coup

C'était un soir de décembre. Pluie mêlée de neige. Temps de saison. La nuit si tôt tombée. Les lampadaires jaunâtres qui bordaient les pelouses, au pied de l'immeuble. Le froid. L'obscurité que tenaient si mal à distance les lumières pauvres. La pluie désormais transformée en neige. Les flocons qui s'épaississaient. Leur danse lente dans le halo des lampadaires. Les passants rares, de plus en plus rares. Leurs cols relevés. Leurs traces noires sur le trottoir. Et Momo seul dans l'appartement. Et sa mère qui ne rentrait pas.

La cuisine vide. Les cahiers de cours sur la toile cirée de la table. L'attente.

Il avait allumé la radio et il ne savait même pas ce qu'il entendait. Des mots creux, plats, déserts. Une musique indéfinie, des chansons vagues, un rythme, des sons. Il n'écoutait pas. Du bruit pour ne pas être seul. Sa mère ne rentrait toujours pas.

Elle avait trouvé de nouveaux ménages dans un cabinet de médecins, ils avaient l'air de bien la payer, elle en était contente, mais enfin elle aurait dû être revenue depuis une heure, et même davantage maintenant. Au moins une heure et demie.

Momo s'interdisait de s'inquiéter, elle va pousser la porte d'un moment à l'autre ne t'affole pas, il regardait la pendule ronde accrochée à droite de la fenêtre, au-dessus de l'égouttoir, les aiguilles tournaient si lentement, il n'en finissait plus d'attendre.

Téléphoner ? Le numéro devait traîner quelque part, Momo se mit à le chercher, interrompit sa recherche, recula devant l'obligation d'aller demander aux voisins d'utiliser leur téléphone, et puis il aurait eu l'air de quoi si personne n'avait répondu au bout du fil, ou pire encore si on lui avait dit : mais votre mère est partie depuis bien longtemps maintenant, il devrait devant les voisins faire bonne figure merci beaucoup au revoir non ce n'est rien tout va bien, mais l'angoisse, l'affolement, il se serait retrouvé dans la cuisine vide avec une inquiétude décuplée, pourvu qu'il ne lui soit rien arrivé, mon Dieu, faites qu'il ne lui soit rien arrivé.

Il y avait toujours autant de vide et de silence dans l'appartement, mais à présent le silence et le vide avaient pénétré dans le corps de Momo, il les sentait dans sa poitrine, dans son ventre. Il n'était plus qu'une enveloppe et c'était exactement comme si, sous la peau, entre les os, tous ses organes s'étaient mis à flotter. Il ne parvenait même pas à pleurer.

Et puis l'ascenseur s'arrêtant à l'étage, les pas sur le béton sonore du palier, le bruit de la clé dans la serrure, le grincement de la porte, et soudain sa mère, devant lui, en manteau, les cheveux dépeignés, s'efforçant de sourire, quel sale temps je suis toute mouillée, et dès qu'elle apparut à la lumière Momo ne remarqua qu'une chose, le bras qu'elle tenait plié, la main légèrement levée, et le pansement qui déjà s'était taché de sang.

Un accident. Une bêtise. Sa main avait failli y rester, heureusement que ça lui était arrivé pendant ses ménages chez les docteurs, on lui avait tout de suite donné des soins avant de la conduire dans une clinique proche, et tiens-toi bien, Momo, si tu avais vu la voiture, un de ces luxes, je me prenais pour une princesse là-dedans, et Momo ne la laissant pas poursuivre, c'est grave ?

Elle eut un léger sourire, qu'est-ce qui est grave, mon petit ? rassure-toi j'ai toujours quelques doigts, elle agitait sa main emmaillotée devant elle, tu vois moi aussi je fais comme toi quand tu t'étais blessé en colonie, je promène ma poupée.

Mais enfin quoi, que s'était-il passé au juste ? Momo voulait savoir, il insista, il se retenait de crier, qu'elle lui dise au moins si elle avait mal.

Elle lui demanda de l'aider à retirer son manteau avant de s'approcher du placard où étaient rangées les provisions, mon pauvre petit, je crois qu'on va encore être condamnés aux pâtes, elle tendit sa main libre pour saisir une casserole qu'elle posa dans l'évier avant de tourner le robinet, elle n'utilisait qu'une seule main, elle gardait l'autre légèrement levée, avec ce sang qui perçait la gaze.

Une fois la casserole posée sur la gazinière, elle s'assit devant Momo, de l'autre côté de la table, la main blessée posée devant elle comme un objet inutile et encombrant, et elle souffla bien sûr que ça ne fait pas du bien mais à quoi ça servirait de se plaindre, ce n'est pas ça qui changera les choses.

Momo voulut savoir si elle allait s'arrêter de travailler, le temps de se soigner. Je pourrai m'occuper de la cuisine, dit-il, tu resteras là, tu n'auras rien à faire je m'occuperai de tout.

Elle soupira. Moi aussi j'aimerais bien. Mais m'arrêter pour quoi ? Pour perdre mes places ? Merci bien. Et si c'est pour me faire plaindre, merci bien aussi. Tu sais, mon petit Momo, il ne faut jamais montrer aux gens qu'on souffre. Ils en profitent toujours pour t'enfoncer. C'est comme ça. Tu serres les dents, tu ne dis rien, et si tu peux siffler un petit coup, ne te gêne pas. Tu serres les dents et tu tiens le coup, il n'y a pas d'autre réponse. Parce que sitôt que tu montres une faiblesse les rats s'y mettent.

Ce n'est qu'un mois plus tard, quand on eut fini de lui retirer les pansements successifs qu'elle allait faire renouveler à la clinique en dehors de ses heures de travail, que Momo comprit réellement ce qu'il en était : sa mère avait un doigt de moins, et le moignon était hideux à voir.

Je déteste le pied de ce col. Une route large qui n'a l'air de rien et qui casse les pattes. On tâtonne sur les braquets, on cherche le rythme, on s'époumone à grimper et on n'a pas l'impression de monter véritablement. Ce n'est que le début. Ensuite vient le pire : la ligne droite de Brunissard. Une pente hargneuse, vicieuse, qui prend du pourcentage sans le montrer, et avec ça une perspective si longue qu'on ne se voit pas avancer. L'endroit le plus désespérant de l'escalade de l'Izoard.

L'endroit aussi où se produisent toujours les attaques de ceux qui se sentent les jambes pour accomplir un numéro dans le col. Et l'emplacement de la condamnation à mort pour les autres.

Derrière Herzog toujours isolé à l'avant, Rodchenko prend la tête de notre groupe. Rossi et Baragan dans sa roue. Moi derrière. L'Ukrainien a les mains aux cocottes. Ce n'est pas une attitude de grimpeur mais d'homme fort. Baragan, redressé sur sa selle, a les mains à la potence. Moi aussi. Des positions de grimpeur. J'attends. J'observe les développements. Rodchenko tire gros. À mon avis, il est sur le 42. Rossi également. Moi sur 39. Baragan itou. Les deux costauds et les deux grimpeurs. La question est de savoir combien de temps tiendront les costauds.

Rodchenko se met debout sur les pédales. Ce n'est pas un démarrage. Seulement sa manière de monter en puissance. Rossi l'imite. Baragan reste assis. Il enroule petit. Attentif. Celui-là, je le crains de plus en plus.

On étouffe sur cette saloperie de route droite. J'attends la première accélération. Ça ne va pas tarder. Je me mets au radar. Je surveille. L'œil à tout. On crève de chaud.

Rodchenko se rassoit. Ajoute une dent à l'arrière. Se remet en danseuse. Il arrache, commence à peiner. Baragan passe devant. Sans accélérer vraiment. Au train. Toujours sur ce petit développement. Tricotant. Aérien. Rossi se déhanche en danseuse pour le suivre. Je garde la roue de l'Italien. Je mouline et j'ai encore du braquet en réserve. D'un coup d'œil sur les chiffres du cardio, je vérifie que j'ai encore de la marge avant de me mettre dans le rouge. De quoi répondre à un vrai démarrage s'il s'en produit un.

La foule est devenue dense. Plusieurs rangées de spectateurs. Plus haut, ce sera du délire. Au sommet, de la folie.

Les hurlements, les voitures derrière nous, les motos devant, et l'hélicoptère toujours : impossible de repérer à l'oreille les changements de pignon de mes compagnons d'échappée. Ni d'entendre leur souffle. Restent l'œil et les sensations pour déchiffrer la course.

Baragan accélère imperceptiblement. Il a du jus. Je me retourne. Rodchenko a deux longueurs de retard. Il lâche prise. Et l'infernale ligne droite n'est pas finie.

L'Espagnol insiste, il roule sur un tempo plus rapide que tout à l'heure. Et Rossi ? Je m'attends à ce qu'il craque d'un moment à l'autre. Baragan en a mis un coup et l'Italien ne va pas pouvoir résister. Ce type-là n'a jamais brillé en montagne, ce n'est pas aujourd'hui qu'il va commencer.

Je guette. Ce n'est pas à moi de prendre l'initiative. Ma tactique est simple. Suivre. M'accrocher. Me laisser tirer si possible. Je n'ai qu'à sucer la roue de Baragan, Rossi va forcément craquer.

Et Rossi passe en tête. En danseuse. Sans paraître se martyriser. Je ne comprends plus. A-t-il plus de réserves que je ne le pensais ?

Ne te pose pas de question. Accroche-toi. Si c'est lui qu'il faut suivre, suis-le. Il ne faut pas qu'il se détache pour servir plus tard de point d'appui à Ettore Scarpa. Je monte d'une dent derrière. Conserve ta souplesse. Ne le laisse pas partir.

Je me mets en danseuse. Baragan est dans ma roue. Mon rythme cardiaque s'accélère. Je ne veux pas céder et je ne céderai pas. La souffrance va venir. Je le sais. Et je sais aussi que je n'abandonnerai rien. Quand c'est ton travail d'avoir mal, tu as mal et tu n'en fais pas une histoire. Un homme faible se plaint, un homme fort serre les dents. Sitôt qu'on montre une faiblesse les rats s'y mettent. Accomplis ton boulot sans te plaindre. Tu m'entends, Momo, tu serres les dents et tu tiens le coup, il n'y a pas d'autre réponse.

23. un vélo avec un guidon de course

Momo ne courait plus. Une belle idiotie, cette obsession qui l'avait si longtemps tenu, une stupidité sans nom. Quand il y pensait, il s'étonnait lui-même de cette ancienne manie. Courir comme un dératé, dans quel but ? Pour quelle raison ? Aucune utilité. Du temps perdu. Il savait très bien ce qu'il avait à faire désormais : rien.

Sa mère constatait son inactivité, s'en désolait, n'osait pas intervenir, hésitait, renonçait, prenait des biais, lâchait comme par hasard des considérations à propos de sportifs dont la radio évoquait le courage parce qu'ils avaient refusé d'abandonner, la vie n'est pas un chemin de roses, Momo, ceux qui réussissent sont ceux qui s'accrochent, lâcher l'ouvrage quand il n'est pas achevé c'est gaspiller sa force et son talent.

Cause toujours, il laissait dire. Il ne regardait même pas sa mère quand elle lui parlait. Voir son air navré ? Pas besoin. Voir sur son visage les rides qui s'accentuaient ? Pas besoin. Voir la main qu'elle agitait en parlant, et le moignon répugnant ? Pas besoin. Elle pouvait raconter ce qu'elle voulait, il n'écoutait pas. Sa décision était prise. Plus de course.

La situation s'améliorait pourtant à la maison, sa mère avait dû être augmentée, elle n'en disait rien, elle se cousait le soir une nouvelle robe pour le printemps, elle chantait en écoutant la radio, elle revenait quelquefois de son travail avec des bouquets de mimosa, elle souriait en les plaçant dans un vase, approche-toi, Momo, sens cette odeur, on se croirait en vacances dans le Midi, et regarde comme ça éclaire tout l'appartement. Il détournait la tête, trouvait l'odeur entêtante, sortait, allait traîner dans les rues de la cité. Les mains aux poches, le pas lent. Sans courir, surtout sans courir.

Lorsque à Pâques on organisa une compétition sportive entre les lycées privés de la ville, il refusa d'y participer. Le prof de gym pourtant l'avait pressé de s'inscrire dans l'épreuve de demi-fond. On a besoin de toi, Momo, ne serait-ce que pour l'honneur de l'établissement. Momo avait haussé les épaules, je m'en balance, et du bahut et de l'honneur. Le prof avait eu un sourire en coin. D'accord, tu as sans doute raison, je te comprends, il faut dire qu'il y a des carrures dans ta catégorie et si tu les affrontais tu te ferais battre à coup sûr, ça n'est jamais plaisant de se faire battre, je comprends.

Moi, me faire battre ? Par des fils à papa ? Pas demain la veille. Il avait couru. Vomissant à l'arrivée pour avoir trop forcé alors qu'il manquait d'entraînement. Pris de vertiges. Livide. Au bord de l'évanouissement. Conduit à l'infirmerie. Mais vainqueur.

En rentrant à la maison, le soir, il était résolu à ne pas dire un mot à sa mère. Ni de sa course, ni de sa victoire, ni de son malaise.

Dès qu'il entra dans le salon, il aperçut le vélo.

Une occasion, bien sûr, riait sa mère en jouissant de sa surprise. Neuf, c'était inabordable, mais ses patrons médecins l'avaient augmentée, la mauvaise conscience peut-être après son accident, tu vois, Momo, dans la vie tout se retrouve. Ils lui avaient même déniché un autre travail chez des confrères à eux, peut-être qu'on lui confierait l'accueil des patients, un poste beaucoup mieux payé, il fallait fêter ça et voilà des semaines et des semaines que je passe devant le marchand de cycles et que je me dis voilà ce qui ferait plaisir à Momo, depuis le temps qu'il attend, tout vient à point à qui sait attendre.

Cadre en acier, noir, orné de filets dorés. Un vélo lourd. Garde-boue. Lampe, Cataphote. Mais un guidon de course. Et cinq couronnes à l'arrière.

Sa mère rayonnait, tirait de son sac des billets de banque, rends-toi compte, je vais sûrement gagner plus que le Smic, on est riches.

Elle avait posé sur la table du salon un bouquet de tulipes. Charnues, lourdes, soyeuses, éclatantes, elles illuminaient tout l'appartement.

Après Brunissard, il n'y a plus l'espoir de ne pas souffrir. On aperçoit dans son entier la masse énorme de la montagne. Aucun mystère sur ce qui nous attend. Le calvaire jusqu'au sommet.

Il débute à partir de l'ombre : les arbres après le grand virage à droite. Là, les lacets commencent. La vraie montagne, celle que j'aime. Mes poumons vont brûler, mes cuisses vont brûler, mes mollets vont brûler, les reins m'élanceront, et je serai à mon affaire. La montagne apprécie les hommes durs. Elle n'admet pas la pitié. Nous sommes faits pour nous entendre.

Rossi poursuit son effort. Il a désormais Herzog en point de mire, à peu de distance. Un Herzog à la peine. Accroché au bitume. Dodelinant. Quêtant des forces qu'il n'a plus. La fringale ? Son affaire, pas la mienne. Rossi le rejoint. Le double sans lui accorder un regard. Calé dans la roue de Rossi, je lance un coup d'œil sur le Suisse quand on le dépasse. Il a la bouche grande ouverte. Les traits creusés. Pâle. Suant. Au bord de la défaillance.

Il ne s'accroche pas. Largué aussitôt. Nous ne sommes plus que trois. Rossi qui mène le bal en force, moi dans sa roue, Baragan à côté de moi. J'ai exactement le même développement que l'Espagnol. Nous agitons les jambes sur le même rythme. Des jumeaux.

L'allure me convient. Je peux même boire. Une courte rasade. Me rafraîchir. Compenser la perte de liquide due à la sueur. J'ai dégrafé mon maillot jusqu'en bas. Ouvert totalement. De l'air. De l'oxygène. J'étouffe.

Et ce putain de casque. Je ne le supporte pas quand je force en montagne. Pas le droit de l'ôter dans le dernier col si l'arrivée n'est pas au sommet. Saleté de règlement. N'y pense pas. Surveille tes compagnons. Ne lâche rien. Surtout, aucune initiative. Tu n'es pas là pour faire la course, tu attends Le Garric. Calme. Observe. Tiens bon. Tiens bon. Tiens bon.

L'oreillette grésille. Montmartin. Qu'il me foute la paix. Envie d'arracher tout cet attirail. Et envie aussi d'apprendre ce qui se passe derrière. J'appuie du doigt l'oreillette sur mon tympan pour mieux entendre.

Le Garric navigue en queue de peloton. L'offensive a été lancée dès le pied du col par Kurt Scharoun et Earl Wright en personne. L'Allemand, l'Américain. Ettore Scarpa les suit. Mais ni Jeanneret ni Bohigas. Et Le Garric ne peut que s'accrocher.

La grande lessive, déjà.

Je demande : les copains autour de lui ? Il n'y a plus que Saumon. Forneul a craqué. Manque d'entraînement après son accident du printemps. Logique. Et Cornière et les deux Mouzon ne sont plus là. Le Garric n'a plus qu'un équipier pour l'escorter. Et le peloton n'est pas encore dans le dur du col.

Je ne dis rien. J'attends les consignes de Montmartin.

Continue devant. On va voir. Tu n'attaques pas, tu attends.

Fin de la communication. Je suis dans la roue de Rossi et je sais que désormais je ne sers à rien. Toute notre stratégie vient de capoter. Le Garric va être largué, c'est sûr, et Scarpa va revenir sur nous avant le sommet. Il trouvera un point d'appui avec Rossi, et Rossi se mettra à la planche pour l'emmener le plus loin possible et creuser l'écart sur Le Garric.

Merde, merde, merde.

Je regarde Rossi et Baragan qui roulent devant moi, je pense

que l'Espagnol va s'envoler pour gagner seul à Briançon, et je me demande pourquoi je fais ce métier. J'attends que Montmartin m'appelle et me demande de me laisser décrocher pour attendre Le Garric. Le vélo est un métier de chien.

24. un corps à ses mesures

Au début, il se contenta d'effectuer des tours dans le quartier : là où il courait d'habitude. Il connaissait par cœur ces rues qu'il avait foulées tant de fois, et où il lui était arrivé de lancer un défi à des types de son âge, je te prends sur trois tours de la cité, et les types constatant qu'ils le dépassaient d'une tête : d'accord petit sur trois tours je te flanque une pile, et presque toujours s'ils le distançaient en début de course il revenait sur eux à la fin du parcours, la résistance, l'endurance, le goût d'aller au bout de soi-même, celui qui gagne c'est celui qui accepte d'avoir mal plus longtemps que les autres.

Il reprit donc sur le vélo son circuit dans la cité. La déception vint vite. Toujours les mêmes passages. Les mêmes difficultés. Les mêmes coups de reins aux mêmes endroits. Une répétition fastidieuse. L'impression de tourner dans une cage. L'effort rendu abstrait. Les défis jamais renouvelés. Le monde devenu trop étroit. Le vélo appelait des horizons neufs.

Il poussa jusqu'aux faubourgs proches. Il explora des rues désertes, des voies anonymes qui s'enfonçaient dans un dédale d'usines, d'entrepôts, de fabriques. Dans ces espaces distendus où la ville s'éteignait en silence, le trafic était rare, personne ne le gênait : il y découvrit une sorte de pureté dans l'effort. Il apprit à enrouler du braquet au long de ces pistes offertes sous ses roues, et lança des sprints féroces contre son ombre.

Quelques semaines encore, et il osa s'aventurer plus loin, tenter des escapades courtes sur les routes qui s'éloignaient de la ville. Il choisissait les plus étroites, qui filaient tout de suite vers les collines, au milieu des champs et des haies, avant de se perdre, plus haut, dans des lacets redoutables. Il roula jusqu'à des carrefours qui ouvraient sur des mystères, goûta la danse secrète des ombres sous les premiers arbres d'une forêt, parcourut la gamme des odeurs de la résine ou de l'herbe fauchée, savoura la fraîcheur aiguë des chants d'oiseaux tandis que des pneus faisaient sur le goudron un bruit de feuilles froissées.

Il ajustait peu à peu le monde à ses dimensions. L'univers s'offrait devant ses roues et l'univers était inépuisable.

À chaque sortie, Momo élargissait ses pouvoirs. Pourquoi ne pas pousser plus loin sur la route ? Jusqu'au prochain embranchement, jusqu'au village qu'un panneau annonçait, jusqu'aux collines espérées, jusqu'au sommet.

Malgré le poids du vélo qu'alourdissaient des garde-boue, un porte-bagages et tout un dispositif d'éclairage, il prit goût à l'escalade. L'effort paisible et violent des grimpeurs lui convenait. Les poings serrés autour de la potence, le buste relevé, la poitrine dégagée, la pédalée régulière, le souffle long, il prenait son plaisir à grignoter la pente. La transpiration mouillait sa chemise, il ahanait, la pente s'aggravait, il souffrait, il s'acharnait, il était heureux : il entrait dans le bonheur. Il s'initiait à la liberté.

Arrivé au sommet, il s'arrêtait pour observer le paysage et mesurer son effort. Il avait mal aux cuisses et il contemplait la ville au fond de la vallée, si loin de lui désormais, si basse, si écrasée, si grise. Il respirait. Il prenait son temps, il savourait. Il se découvrait un corps à présent taillé à ses justes mesures et parfaitement habitable, et cette sensation lui procurait un sentiment tranquille et lisse.

Le jour où il découvrit la pancarte, il n'hésita pas longtemps. Saint-Laurent-le-Vieux, 42. Qu'est-ce que c'était que quarante-deux kilomètres ? Il s'engagea sur la route. Elle était vallonnée, sans difficulté intimidante. Des montagnes russes bonhommes qui traversaient des bois où fleurissaient les premières digitales pourpres. Il ne reconnaissait pas le chemin qu'il avait pourtant emprunté en car tant d'années auparavant, mais, chaque fois qu'il longeait une scierie ou un village, il retrouvait des senteurs qu'il croyait avoir oubliées, l'odeur blonde de la sciure fraîche, l'odeur fauve d'un feu de bois, l'odeur bleue d'une ombre coupante près d'un ruisseau.

L'après-midi était déjà bien avancée lorsqu'il parvint à Saint-Laurent. Il roula jusqu'au vieux bâtiment de la colonie. La bâtisse était moins imposante que dans son souvenir, la cour plus petite, mais les lieux toujours aussi austères. Il en effectua le tour en poussant son vélo, ne rencontra personne, revint devant l'entrée, posa la main sur la grille qui rouillait par plaques, attendit, renonça à l'ouvrir, lança un dernier coup d'œil aux longues fenêtres veuves que le soleil du soir éclairait de biais, fit volte-face, ne se retourna pas une seule fois en s'éloignant.

La fatigue le rejoignit dès les premières difficultés sur le chemin du retour. Ses cuisses étaient dures et il n'avait plus de force. La moindre dénivellation devenait un mur. Il n'avait rien mangé depuis longtemps et il se sentait vide. Il compta les kilomètres. Ils passaient lentement. La lumière déclinait, et, dans le sombre de la forêt, il distinguait de plus en plus malaisément l'extrémité de la route. Il avançait sans perspective. Parfois une descente lui offrait un répit. Il traversa des villages. Les lampadaires étaient à présent allumés et jetaient des clartés immobiles sur les façades muettes. Il ne regardait même plus les bornes pour ne pas s'effrayer de la distance qui lui restait à parcourir. Des nœuds s'étaient formés entre ses épaules et sa nuque. Il pédalait sans penser.

Lorsqu'il parvint chez lui, la nuit était tombée depuis longtemps. Sa mère était en larmes. Momo, j'ai eu si peur. Elle le prit dans ses bras. Elle parlait à phrases brèves, hachées. J'ai cru que tu t'étais échappé, j'ai craint le pire. Ne recommence pas, jamais, j'ai eu si peur, si peur, si tu savais.

NE JAMAIS RENONCER

L'ardoisier nous double en brandissant sa pancarte. La tête du peloton revient sur nous. Scarpa, Wright, Scharoun et deux ou trois autres. Le groupe maillot jaune. À moins de deux minutes désormais.

Et Le Garric vingt secondes derrière eux.

Le début de la fin.

Tant d'efforts pour en arriver là. Toute une équipe préparée pendant des mois. Des reconnaissances minutieuses du parcours. Des entraînements spécifiques. Une bande de copains dévouée à Le Garric. Puis deux semaines de course à rester sur les dents. La tension. Les sacrifices. Le boulot. Et l'espoir. L'espoir énorme.

Le Garric si proche de Scarpa au général. La possibilité d'aller chercher le maillot jaune. La tactique aujourd'hui. Mon attaque si tôt dans l'étape. L'attente. L'espoir, l'espoir encore.

Et Le Garric largué. Dans les choux. À la rue.

Mon travail n'a servi à rien.

Je devrais laisser filer Rossi et Baragan. Attendre Le Garric pour le tirer et limiter les dégâts. Solution de misère. Limiter les dégâts, pas plus. On est en train de perdre le Tour.

Pourquoi continuer à me battre ?

Pourquoi ? Pardi : jamais été fichu de faire autre chose de toute ma vie. Ne pas céder. Ne jamais renoncer. M'acharner. Lutter. Toujours. Pas à mon âge que je peux changer.

Je réfléchis. Et si Scarpa avait attaqué trop tôt ? Si j'ai bien compris, il n'a plus d'équipier autour de lui. Et s'il coinçait ? Et si Le Garric avait été assez malin pour ne pas se griller en suivant un rythme qui n'est pas le sien ? S'il se refaisait la cerise avant le sommet ?

Tout est encore possible.

À une condition : que Scarpa ne puisse pas compter sur l'appui de Rossi quand il nous rejoindra tout à l'heure. Si à ce moment-là Rossi est en état de l'aider, Ettore Scarpa va trouver une trop belle rampe de lancement. Donc il faut éprouver Rossi avant la jonction. Lui faire mal aux cannes. Passer à l'attaque. L'obliger à taper dans ses réserves. Le pousser à se mettre dans le rouge. Le conduire à exploser.

Demander l'approbation de Montmartin pour cette tactique ? Pas besoin. J'ai commis deux erreurs dans l'étape, à moi de me rattraper. Si je ne suis pas capable de prendre seul une décision avec sept Tours sur les endosses, ce n'est pas la peine. Lève-toi le cul, Momo.

Je démarre. Sec. En force. Dans un virage serré. À la corde. Là où la pente est la plus raide. Sans me retourner.

25. dommage que tu te gaspilles

Assez vite, il se mit à bricoler son vélo. Il démonta d'abord l'éclairage et les garde-boue, puis il changea les pneus, ajouta un double plateau. Il courait les marchés aux puces pour traquer des pièces nouvelles. Manivelles en dural, cintre plus léger, freins plus mordants. Il prenait goût à la mécanique intime du vélo. Démonter, remonter, fignoler, changer, améliorer. Mavic Shimano Campagnolo, les beaux noms des pièces techniques. Un dérailleur trouvé dans une casse, un axe de pédalier, une selle Brooks défraîchie, un vieux cintre Cinelli.

Ses moyens limitaient cependant les améliorations. Le cadre en acier était trop lourd, il manquait de nervosité, les différents composants ne se mariaient pas toujours de manière idéale, le dérailleur craquait. Momo pestait contre ces bruits tandis qu'il fonçait en serrant les dents sur les routes de campagne. Il avait ses itinéraires et variait les difficultés. Il forçait jusqu'à l'asphyxie dans les côtes, arrachait du braquet en danseuse, s'exerçait au vertige des descentes et, à chaque panneau d'entrée dans un village, il réglait au sprint Sean Kelly, Laurent Fignon, Moreno Argentin, Freddy Martens.

Il choisissait des routes écartées. Quand il rencontrait une montée sévère, il adoptait un développement exagéré afin de muscler ses mollets pour ses sprints victorieux, et, sitôt parvenu au sommet, il plongeait dans la vallée avant d'entreprendre une nouvelle montée. Il calculait ses temps. Plutôt crever la gueule ouverte que de réaliser un mauvais chrono.

Tout en pédalant, il barattait des pensées lourdes. Songeant à ses condisciples du lycée Saint-Vincent. Pas beaucoup de fils de richards là-dedans, mais enfin tous mieux lotis que lui. Et le sachant. Et le montrant. Avec qui aurait-il pu frayer ? Aucun ami. Quant aux filles, n'en parlons pas. Des boudins. Ou des pouffiasses. Aucune ne l'intéressait. Toutes des salopes.

Il avait une fois croisé Marie-Odile dans la rue. Elle était avec d'autres filles. En l'apercevant elle avait détourné la tête mais pas assez vite pour cacher la rougeur qui avait d'un coup envahi ses joues, et ses amies avaient demandé en riant c'était ton amoureux ? il les avait entendues, elles pouffaient, se poussaient du coude, et Marie-Odile d'un ton indigné : ce type-là ? non mais pour qui vous me prenez.

J'en suis encore à m'demander/Après tant et tant d'années/À quoi ça sert de vivre et tout. Il ressassait et scandait des paroles de chanson en pédalant. Retrouvait ses anciennes rengaines. *Camarad' bourgeois camarad' fils à papa regarde-toi ah ah ah regarde-toi ah ah ah*. Il rêvait à des revanches, à des victoires, à des gloires violentes. Il roulait à la colère.

C'est dans une de ses sorties de solitude et de rage que le hasard bascula de son côté. Il escaladait une de ses côtes favorites lorsqu'il se vit rejoint et doublé par un autre cycliste. Un adulte. Il sauta dans sa roue. S'accrocha. Profita de sa position pour détailler le vélo qu'il avait à présent sous les yeux. Sept couronnes à l'arrière, des boyaux fins, un cadre Reynolds, et ce bruit de machine élégante qui chuchote. Pas étonnant qu'il ait été rattrapé. Un vélo de friqué pour un vieux type plein aux as qui pouvait se payer un engin de rêve. Eh bien il allait voir, ce richard, si Momo était un minable.

Il attendit l'instant favorable. Choisit un virage sec. Attaqua brusquement à la corde. En danseuse, les mains aux cocottes, le cou tendu au-dessus du cintre. Sprintant sur un gros développement. Son vélo geignait, grinçait, renâclait. Qu'importe. Il insista. La respiration hachée, le cœur au bord des lèvres. Tiens bon, accroche-toi. Il s'exhortait. Tu décramponnes le vieux, continue, tu vas le rétamer.

Il se retourna. L'autre cycliste revenait sur lui.

Il démarra de nouveau. Et encore quand il sentit que son avance fondait. Et encore quand il vit approcher le dernier kilomètre. Et encore avant le dernier virage. Et encore dans l'ultime ligne droite.

Il franchit le sommet au moment où l'autre revenait à sa hauteur, pédalant en souplesse, sans forcer, et s'adressant à lui sans paraître essoufflé, dis donc, petit, tu n'as pas gras de lard mais on dirait que tu as quatre poumons. Dommage que tu te gaspilles. Tu pourrais être un beau grimpeur mais tu t'épuises pour rien, ce n'est pas comme ça qu'on court, ça te dirait d'apprendre à pédaler et de faire partie d'un club ?

ATTAQUER

La bouche ouverte en grand, le maillot tout entier dégrafé qui me bat les flancs, les mains aux cocottes, en danseuse, j'attaque. Pas de pitié. L'abordage. On constatera les dégâts après.

Ne te retourne pas. Fonce. Pousse Rossi à réagir. Qu'il commette l'erreur de vouloir te suivre. S'il tombe dans le panneau, c'est bon. Et il y tombera. Tu l'as vu rouler depuis le pied du col, tu sais qu'il va se piquer au jeu. Pas assez futé pour te laisser partir et attendre gentiment le retour de son chef de file. Trop vaniteux. Il va s'accrocher. Fonce.

J'entre dans une courte euphorie, comme toujours quand je démarre en montagne. Je suis danseur, jongleur, acrobate. Je bascule dans un autre monde. La pesanteur s'allège pour un temps. C'est une grâce. Elle ne dure pas. La douleur n'est pas encore là. Elle viendra. Après. Dans quelques centaines de mètres. Ensuite elle ne me quittera plus, et j'aurai la souffrance agrippée aux épaules jusqu'au sommet.

Je ralentis la cadence, je tourne la tête pour vérifier le résultat de mon démarrage. Rossi, comme prévu, n'a pas accepté de me laisser partir. Il revient à l'énergie. Il prend ma roue. Parfait. Chaque fois qu'il hausse son rythme, c'est du carburant qui fout le camp. Si je ne me suis pas gouré, il va toucher bientôt sa limite. Encore un peu et il la franchira. Alors je démarrerai de nouveau. S'il me suit, il se cramera. Et un coureur qui se met dans le rouge n'a plus de force jusqu'à l'arrivée. Ni pour lui ni pour les autres.

Je m'écarte pour le laisser remonter à ma hauteur sur son élan. Je roule à côté de lui. Il m'examine. J'exagère ma grimace d'effort. Le masque. La tête du gars qui a présumé de ses forces. Le mec qui en bave et qui est en dette d'oxygène. Celui qui peut craquer d'un instant à l'autre et dont on n'a pas à se méfier. Celui dont on peut suivre sans danger les petits démarrages.

Rossi, lui, ne grimace pas. Mais il monte en puissance, assis. Toute sa force dans le dos et les fessiers. Il balance les épaules.

Bascule son corps d'un côté, de l'autre, pour appuyer avec plus de poids sur les manivelles. Il pioche. Mauvais signe pour lui. On ne tient pas longtemps quand on pédale ainsi.

Alors j'en remets une couche. Je démarre.

Mais sans insister. Juste pour briser son rythme. Qu'il soit obligé de s'arracher pour revenir dans ma roue. Qu'il se mette le souffle en vrac. Qu'il approche encore plus près de sa limite.

Puis je coupe mon effort pour le laisser revenir. Toujours au bluff. Jouant le coursier qui manque de patience et de jugeote. Qui ne parvient pas à aller jusqu'au bout de ses démarrages. Et qui va renoncer sous peu. Je feins moi aussi de piocher, penché sur le cintre, la pédalée pesante.

Rossi me rejoint. Je roule à côté de lui. Il a au coin des lèvres une pellicule blanchâtre. La bave séchée. Dans d'autres circonstances, je lui aurais passé mon bidon. Pas maintenant. Je veux qu'il peine encore plus. Je vais me carboniser mais il craquera. Il a ôté ses lunettes de soleil et son regard est devenu fixe. Quand il sera hagard, ce sera le moment. Je l'aurai. Je sais comment procéder. J'ai appris.

26. apprendre, apprendre, apprendre

Il intégra le club cycliste. Deux fois par semaine, il se mit à l'école du vélo. Le mercredi entraînement sur piste, le dimanche sortie dans la campagne. Tous en groupe. Apprendre. Rester en peloton. Écouter, rouler à l'oreille, prendre garde au bruit des coups de patin. Tenir sa ligne. Pédaler rond. Frotter.

Prendre des relais. S'abriter. Pédaler rond. Mouliner. Utiliser un pignon fixe. Pédaler rond. S'alimenter, boire, se couvrir, se découvrir. Pédaler rond. Tenir un rythme. Ne pas tirer trop gros. Vélocité, endurance. Apprendre, apprendre, apprendre.

Le matériel, on lui en prêta une partie. Comme à d'autres. Le club était municipal. Pas un club de rupins. Et puis, pour les fringues voilà belle lurette que Momo avait pigé la tactique, il chiquait au gars décontracté qui met volontairement de vieilles nippes pour faire du sport, ça passait, personne ne considérait de haut ses tenues et personne ne ricanait derrière son dos quand le club lui refilait des chaussures parce que les siennes, pour pédaler, pardon, une catastrophe.

Et puis, comment se moquer d'un type comme lui, qui se mettait à frétiller dès que la route prenait du pourcentage ? Dans les premières sorties du dimanche, il fallut le freiner, il serait parti tout seul au pied du col si les accompagnateurs ne l'avaient pas contraint à choisir de petits développements et à rouler en souplesse. Ils le calmaient, lui imposaient de pédaler plus rond, encore plus rond, tu vois, Momo, tu as une morphologie de pur grimpeur et le souffle qui va avec, mais il faut que tu deviennes moelleux.

Au bout de quelques mois, sur la route étroite d'un petit col qui grimpait dur, on lâcha la bride au groupe, pour voir. Momo réagit au quart de tour. Il s'en alla. Sec, vif. Sur un tout petit développement. Une machine à coudre. Impossible à rejoindre. Premier au sommet. On le félicita, il joua les modestes. Pendant qu'il buvait à son bidon en attendant les derniers du groupe, il entendit dans son dos qu'on parlait de lui, celui-là c'est bien simple quand il enclenche le moteur à grimper tu ne le revois plus.

Il ne s'en trouva pas plus glorieux. Parce qu'il tirait la langue plus souvent qu'à son tour sur la piste plate, le mercredi, et qu'il la tirait aussi quand les sorties filaient dans la plaine. Il s'épuisait à suivre les cuissus qui abattaient des relais à lui casser les reins. Chacun sa spécialité. Eux, les gros braquets, lui, la montagne. Manque de coffre, manque de résistance. Il terminait épuisé les longues sorties de plaine. Rincé. Cuit. Avant de prendre sa revanche dans les bosses.

Il en rigolait souvent avec ses potes du club. Ils blaguaient, se chambraient, comparaient leurs qualités, leurs différences, leurs faiblesses, leurs forces, leurs manies. Pas de jalousies. Une bande de copains.

Que des garçons. Que des commentaires sur le vélo. Pas d'histoires d'amour. Des histoires de fesses, oui, bien sûr, et pas qu'un peu. Mais de la rigolade, rien d'autre.

Momo riait avec les autres, et, avec les entraîneurs, il discutait mécanique. Jantes alu ou dural, pneus ou boyaux, Shimano ou Mavic, on lui passait des revues, il étudiait les matériels, il rêvait d'un cadre en carbone et il continuait à fignoler sa machine avec les moyens du bord, un des entraîneurs lui avait refilé un cadre Vitus parce qu'il avait à la bonne ce garçon maigre et ardent qui était l'un des seuls à s'intéresser de près à la mécanique, et l'un des seuls aussi à demander sans cesse des précisions sur les réglages, la hauteur exacte de la selle, la longueur des manivelles, la largeur du cintre, un vrai mordu.

L'implication de Momo, cependant, cessait sitôt finis les entraînements. Au moment où les gars de l'équipe parlaient d'aller boire un coup ensemble, il s'éloignait. Toujours une excuse, un prétexte. Pourquoi changer ? Rester seul lui convenait, autant conserver les manières qui lui réussissaient.

Il quittait les copains et s'en allait sans se retourner, serein, souriant, paisible.

NE COMPTER SUR AUCUN ALLIÉ

La douleur serre ses poings autour de ma nuque, mes cuisses deviennent dures. Le rythme haché que j'ai imposé ne me convient pas. Et le petit élancement que j'éprouve derrière le genou droit ne me plaît pas du tout. Mais je suis mieux que Rossi, certainement mieux, je dois m'en persuader. Et puis je n'ai pas le choix. Quand on a commencé un travail, il faut l'achever.

Si au moins Baragan m'épaulait, ce serait moins difficile. Au fait, où est-il passé, celui-là ? À me concentrer sur Rossi, j'ai oublié l'Espagnol. Je jette un coup d'œil derrière moi pour voir où il en est.

Les motos. Les voitures. La voiture du directeur de course. D'autres motos. Pas de Baragan. Nous l'avons lâché. La surprise. Un escaladeur comme lui, lâché ? Et lâché par une armoire comme Rossi ? Pas le temps d'épiloguer. Une seule idée : je ne peux désormais compter sur aucun allié. Juste Rossi et moi. Et juste la douleur et moi.

Changer de tactique. Finis, les démarrages. J'accélère au train. Tournant juste les jambes un peu plus vite. Défiant Rossi. Ce salaud de Rossi. Ma colère monte. Je veux l'avoir et je l'aurai. Ce type n'est pas à sa place dans ce rôle de grimpeur, quelque chose cloche. Il est bien trop lourd pour les cols et pourtant il lâche Baragan dans l'Izoard. Pas normal. Un type de son gabarit, c'est au mieux un laboureur de montagne à vaches, et le voilà transformé en escaladeur. Qu'est-ce que c'est que ce cirque ?

Il est revenu à mes côtés. Il me frôle. Je le sens. Sa transpiration. Et son eau de toilette. Une odeur qui s'étale, un parfum sucré, c'est écœurant. Il m'exaspère. Connard. Pourquoi ne craque-t-il pas ? Jamais il ne devrait pouvoir résister à un grimpeur de poche comme moi. Je manque sans doute de coffre et de puissance, mais je me sais capable de faire un numéro sur un col et de lâcher les gros culs dans la bosse.

Et ce bœuf de Rossi, avec ses muscles de rouleur, ses épaules de rouleur, ses reins de rouleur, il demeure à mes côtés alors que je me trouve sur mon terrain à moi ? Qu'est-ce qu'il a ingurgité ? La potion magique ? Il a pioché dans le bocal à confiture ou quoi ? Il a bouffé les pilules et la boîte avec.

Moi, j'ai toujours refusé de me préparer comme on me l'a plusieurs fois proposé pour prendre du muscle et de la puissance, et pour multiplier mes capacités respiratoires. Je cours avec mes moyens. Rossi, non.

Je le dévisage. Il s'efforce de paraître impassible. Le bluff, lui aussi. Mais il a mis tout à gauche. Plus la moindre couronne en réserve. Ne comptant que sur sa vitesse de jambes pour résister à une nouvelle accélération. Sa vitesse de jambes ? Un diesel comme lui va coincer. Son palpitant ? Je lorgne le cardiofréquencemètre placé sur son guidon. 190 ? Trop. Au-delà de sa fréquence cardiaque maxi en montagne. Au-delà de son seuil lactique, forcément. Il est passé en anaérobie. Brûlant des calories qu'il ne pourra plus remplacer. Fabriquant de l'acide lactique en veux-tu en voilà. Il s'est mis dans le rouge. Il est sur le point d'exploser.

J'augmente la cadence. Juste un poil. Pour qu'il suive quand même pendant un petit moment, qu'il force encore un peu, et qu'il bascule enfin dans l'irrémédiable.

27. et en plus t'as les crocs

Il mettait les bouchées doubles aux entraînements du club, se vidait les tripes, revenait chez lui éreinté. Il avait maigri, la peau et les os, sa mère s'inquiétait, Momo tu devrais manger plus, il ne répondait pas, il surveillait son alimentation, il traquait le poids, elle s'alarmait de voir ses joues creuses, ses yeux brillants, Momo, tu ne vas pas tomber malade ? Il se moquait d'elle, tu n'as jamais entendu parler du visage affûté de l'homme en forme ? Il était radieux, il se préparait à devenir champion. Le maillot jaune serait pour lui. Et le maillot à pois du meilleur grimpeur. Et le maillot arc-en-ciel de champion du monde.

En fin d'année, on lui proposa d'intégrer une équipe amateur de la région. Une vraie, avec une belle réputation et des ouvertures chez les pros. Avant de le faire signer, on le convoqua pour une visite médicale. Du sérieux. Service de médecine du sport. Électrocardiogramme, tests d'effort, VO_2 max, prise de sang. La totale. Normal, les dirigeants voulaient savoir sur qui miser pour une carrière éventuelle dans le métier, et Momo les intéressait. Ils lui avaient fait miroiter un avenir en Élite, des contacts possibles avec une équipe pro. Il était confiant.

Jusqu'à ce que tombe le couperet. Rapport poids/puissance insuffisant. Trop léger. Musculature défaillante. Et aucun espoir d'améliorer les choses même en levant de la fonte à tire-larigot : pas l'ossature pour ce genre d'effort. Certes, un cœur lent, une capacité aérobie hors du commun, mais trop mince. Fragile. Pas taillé pour être un coureur. Au revoir et merci.

Il alla plaider sa cause auprès des dirigeants du club. Il mit en avant son envie, sa détermination, son courage, sa volonté, sa hargne. Vous m'avez vu friter, non ? Je n'ai jamais craché sur le boulot, je me suis bagarré, je suis toujours remonté en machine sans me plaindre après m'être viandé, du travail j'en ai mangé sans jamais pleurnicher, je me suis mis la selle sous le cul quand il fallait, personne ne peut dire que je ne donne pas tout.

Autant cracher en l'air. Mauvais rapport poids/puissance, qu'est-ce que tu veux qu'on y fasse ? Momo, il faut comprendre, tout le monde ici sait que tu bosses comme un chef et que tu as la volonté mais ça ne suffit pas, réfléchis bien, si on te laissait continuer tu en baverais pour rien, aucun espoir. Non c'est non.

Le dimanche suivant avait lieu une course à laquelle son club l'avait inscrit. Il décida de déclarer forfait. Qu'ils aillent tous se faire voir. Il réfléchit, se reprit : qu'ils viennent plutôt le voir. Ce serait sa dernière course, il allait leur montrer.

Le circuit lui convenait avec cinq ascensions de la même côte. Une bosse vicieuse. Plus de deux bornes, et trois paliers dans la pente : 9 %, 8 %, 6 %. L'arrivée un kilomètre après le pied de ce collet. Un bon profil pour un escaladeur.

Il reconnut le circuit la veille. Le tracé lui rappela la côte de Domancy et la course de Bernard Hinault au championnat du monde de 1980. La première course à vélo qu'il ait jamais suivie à la télévision. Un souvenir en Technicolor. Les beaux jours.

Dès le premier tour, il plaça une mine dans la bosse. Des costauds l'accompagnèrent. Au sommet, il se releva, et se contenta de sucer leurs roues à partir de la descente. Dans la deuxième ascension, il se remit à faire le ménage. Comme Hinault pendant le championnat du monde. Cette fois-ci, seule une poignée de concurrents le suivit. Il recommença deux fois encore ses attaques, et chaque fois il écréma le groupe des échappés avant de rejoindre l'abri de leurs roues et de filer leur train sans avoir à se dépouiller. À la fin, il se retrouva en compagnie de deux types seulement. Des espoirs déjà cotés dans la région. Des tout bons. Confiants dans leur force. Sûrs de l'emporter. Comptant sur leur puissance pour régler son compte à ce freluquet qui les allumait dans chaque montée.

Il attendit le dernier tour, la dernière ascension, pour faire péter. Il démarra dans les premières pentes, les plus raides. Un sprint sur une route à 9 %. Il creusa tout de suite le trou. Ils étaient incapables de suivre son rythme. Il continua. Il ne voyait rien. Le voile devant les yeux. Le cœur en tambour de machine à laver. Les reins brûlants. Seul en tête.

Il venait de se rasseoir sur sa selle juste après le sommet quand un des deux gaillards le rejoignit. Il n'était pas en meilleur état que Momo mais il possédait encore assez de puissance pour écraser du braquet dans la descente, larguer son adversaire sans rémission et lever les bras en passant la ligne.

Momo s'effondra après l'arrivée. Il ne descendit pas de machine, se pencha en avant, les coudes sur le guidon, et courba le front pour qu'on ne le voie pas pleurer.

C'est alors qu'il sentit qu'on lui tapait sur l'épaule. Il leva la tête. Et resta interdit. Le type qui était là, il avait vu sa photo bien des fois. Roger Piano. Un pro qui venait tout juste de quitter la carrière. Désormais directeur sportif adjoint dans une équipe professionnelle. Il posa la main sur l'épaule de Momo, s'approcha pour lui parler à l'oreille. Pleure pas, petit, on chiale pas quand on a un tempérament comme le tien. T'aimes pas lâcher, hein ? Ça se voit. T'es un grimpeur naturel et en plus t'as les crocs. Ça te dirait, de venir voir dans notre centre de formation ? On cherche des mecs dans ton genre, des gars qui ont faim, parce que moi, tu sais, les gars qui ont la classe naturelle mais qui n'ont pas faim, ça m'intéresse pas.

METTRE LA MACHINE EN ROUTE

Rossi a lâché d'un seul coup. Il s'est détaché comme une feuille et je l'ai senti partir à la dérive. Il ne reviendra pas. Plus jamais. Il est rentré dans le mur. Un coureur largué a besoin de cinq à dix minutes, au moins, pour métaboliser l'acide lactique en pédalant à la papa. Il va compter les cailloux jusqu'au sommet de l'Izoard et il ne sera d'aucune utilité à Scarpa quand il sera rejoint. Il est carbo.

Je suis seul. La montagne ouverte devant moi. Tous les autres derrière. Lessivés. Et moi, est-ce que je vaux mieux? La petite douleur derrière le genou droit s'aggrave, elle me pince à chaque coup de pédale. Tendon dans le poplité. Ne pas y penser. Avancer régulièrement, sans à-coup. Mouliner.

Des grappes de spectateurs hurlent sur mon passage. Déploient des drapeaux. Je sais que ce n'est pas spécialement pour moi, ce ne sont que les manifestations qu'on réserve au coureur qui ouvre la route dans un col. On m'acclame, c'est un malentendu. Je devrais être en train d'aider Le Garric, pas en train de faire mon intéressant là-devant.

Quand même, toute cette exaltation, ces cris, cette ferveur, cette vague d'encouragements qui m'accompagne, j'en ai le frisson.

Je continue à grimper, je trouve enfin mon rythme, je m'y installe. C'est ce qu'il y a de plus important en montagne, de trouver son tempo et de s'y tenir. Je roule escorté par les clameurs qui enflent devant moi à mesure que j'avance, je tiens encore la douleur à distance, je la sens partout dans le corps, et le pincement derrière le genou est de plus en plus aigu et je suis malgré tout capable encore de résister à la souffrance, et maintenant que j'ai mis la machine en route je sais que je peux tenir, et subitement je me demande ce qui va se passer si je parviens au sommet avant le groupe maillot jaune. Insister jusqu'à Briançon ? Jusqu'à la ligne d'arrivée ? Je n'ai jamais gagné une étape du Tour.

Je suis seul au milieu des vivats et des ovations, je roule en tête de la course, et je ne connais pas mon rôle.

Un rôle trop grand pour moi.

Concentre-toi sur ton pédalage. Oublie Briançon. Ne pense à rien d'autre. La cadence. La respiration. Le souffle. Le profil de la route. Relance à la sortie de la courbe. Respire. Ne pense pas à ton genou. Garde le rythme. Compte. Des chiffres sans signification. Ou une chanson. Chiffres, mots. Idioties. *Je-crois-en-toi-mon-Dieu, je-crois-en-toi-mon-Dieu.* Les prières de ma mère. Récitation. La cadence. *Je-crois-en-toi-mon-Dieu.* Le rythme. La route. *Allô Papa Tango Charly.* Vieilles rengaines. Ne pense pas.

Je roule sur des inscriptions peintes sur le goudron. Des noms que je ne lis pas. J'entends les cris et les encouragements anonymes, et aussi le barouf de l'hélicoptère et la pétarade de la moto qui roule devant moi et aussi le bruit aigre de celle qui m'escorte, je devine le cameraman qui me filme, rien à foutre de la télévision, je veux seulement continuer à tenir la souffrance en lisière et continuer à pédaler sur mon rythme, quarante-cinq, quarante-six, quarante-sept, quarante-huit, je compte, je ne réfléchis pas, peut-être que c'est la douleur qui m'anesthésie peu à peu, *Allô Papa Tango Charly Allô Papa Tango Charly*, deux cent trois deux cent quatre.

L'oreillette. Montmartin. J'entends mal. C'était très bien qu'il se soit tu pendant tout le temps où j'ai conduit la bagarre. Il a dû apprendre mon attaque par Radio-Tour, et il a eu l'intelligence de ne pas intervenir.

Bravo, il dit tout de suite. Tu as fait exactement ce qu'il fallait. Non, ne parle pas. Continue. Accroche-toi. Tu as rétamé Rossi, il est à la ramasse, il est à pied, il attend Scarpa mais j'ai l'impression que Scarpa est maintenant dans le dur. Le Garric revient sur lui petit à petit, il a trouvé son second souffle, rien n'est joué. Roule, mon vieux. Vas-y à fond. Il n'y a plus que Baragan derrière toi mais il ne te reprend rien, il a l'air essoré. Vas-y, vas-y, c'est bon.

La communication s'interrompt dans un grésillement.

Je n'ai pas bien compris. Le Garric revient sur le maillot jaune ? Et moi, alors ? Je ne l'attends pas ? Je vais jusqu'à Briançon ? Seul ? Jusqu'à la ligne ?

Ne t'enflamme pas. Tu n'es pas encore au sommet. Garde ton rythme. La cadence, la cadence. Ne bouffe pas de l'énergie en allant t'imaginer des trucs. Pas d'imagination. Maintenant, rien d'autre que maintenant. Le présent, le présent, le présent, deux cent deux, deux cent trois, deux cent quatre, ne pense pas, surtout ne pense pas.

Un type me tend une bouteille d'eau. Ouverte. Je la saisis au vol. Verse sur ma nuque. Un peu de fraîcheur. L'eau sur le casque. Une connerie. Elle me coule sur le visage, je suis obligé de m'essuyer. Geste inutile. M'essoufflant.

Et la sueur, à présent, qui roule sur mes sourcils, glisse sur mes paupières, me pique les yeux, le sel sur la cornée, passer le dos de mes gants sur mes yeux, mes gants mouillés, je suis en nage. Les pierres du bas-côté, la réverbération, elles renvoient la chaleur, j'étouffe.

Les pierres nues. L'éboulis. Le long pierrier si blanc au grand soleil. La Casse déserte. La fameuse Casse déserte. Pas un arbre. Pas d'herbe. Des cailloux. Un monde minéral.

Je suis en tête de la course et je roule au milieu d'un cimetière.

28. sur la tombe

Le cimetière : Momo venait d'intégrer le centre de formation des Inac-Moshi lorsqu'il décida de ne plus jamais y mettre les pieds.

Il y était allé si souvent. Trop souvent. Tous les dimanches de son enfance. Parfois, en plus, un autre jour de la semaine.

Tant et tant de fois ces visites au milieu des tombes en compagnie de sa mère.

Les dimanches, elle choisissait une robe repassée avec soin, enfilait les gants de cuir noir qu'elle rangeait d'ordinaire dans un tiroir d'où elle ne les sortait que pour les grandes occasions, accrochait un miroir à l'espagnolette de la fenêtre de la cuisine pour mieux se voir pendant qu'elle passait un rouge à lèvres qui lui dessinait une bouche de sang, et elle se tournait vers Momo lorsqu'elle était prête, alors, Momo, qu'est-ce que tu attends, tu sais bien qu'on y va.

Pas besoin de dire où.

Sur la tombe du père.

Tout au long de ces années d'enfance, il avait accompagné sa mère au cimetière. Dans la rue, elle lui prenait la main. Comme s'il ne grandissait pas. Des gens du quartier les saluaient. Il fallait répondre. Sois poli, dis bonjour. Il grimaçait un salut. Surprenant les coups d'œil qu'on jetait à sa mère. Pas besoin de longues études pour déchiffrer un visage, une attitude, une mimique, un regard. Il suffit d'avoir été considéré de haut une fois, une seule fois, pour apprendre cette lecture-là. Une fois qu'on sait, on n'oublie plus jamais.

Il marchait à côté de cette femme endimanchée, qui portait avec tant d'assurance une robe démodée. Endimanchée et démodée. Une femme que les passants considéraient avec une sorte de pitié. Sa mère.

Une fois parvenus au cimetière, ils échappaient aux regards. Personne enfin ne les détaillait. Dans ces lieux silencieux, on se croise, on hoche la tête, on baisse les yeux, on passe son chemin. Tant mieux.

Sa mère allait droit vers la tombe. Des graviers, une chaîne de fer, des fleurs, une croix de granit : le père de Momo.

Il fallait nettoyer. Les mauvaises herbes ont la vie dure. L'armoise et le chiendent ne respectent rien. Momo arrachait les herbes, une à une. Quand la terre était encore humide d'une pluie récente, les racines venaient bien. Il extirpait du sol de longs filaments livides et poilus qui n'en finissaient plus, et il évitait de se demander dans quel terreau ils avaient plongé pour trouver une telle vigueur.

Des années à voir et à refuser de voir ces racines molles et pâles.

Des années à entretenir la sépulture.

Des années à renouveler les fleurs dans les pots de terre à moitié enterrés qui restaient à demeure.

Des années à racler le gravier pour le lisser. Plus petit, il choisissait parmi les graviers ceux qui lui paraissaient plus beaux que les autres, plus colorés, plus étranges, plus brillants, et les alignait sur le bord maçonné de la tombe. Il essayait de jouer. Il n'y parvenait jamais bien. Les pierres nues ne sont pas un jeu facile.

Une fois par semaine. Au moins. Parfois plus.

Alors, Momo, qu'est-ce que tu attends, tu sais bien qu'on y va.

Une fois la tombe nettoyée, parée, fleurie, sa mère se relevait, désignait le bouquet tout neuf, tu vois, Momo, lui aussi il aimait les fleurs, et elle nouait ses doigts devant sa poitrine, baissait la tête, fermait les yeux, récite avec moi une prière, *Notre père qui êtes aux cieux*, Momo imitait sa mère, les mains nouées sous le menton, la tête baissée, les yeux fermés.

Et puis un jour, à l'adolescence, il a gardé les yeux ouverts. Et il n'a plus prié.

Il continuait cependant d'accompagner sa mère. Elle ne lui tenait plus la main dans la rue. Elle portait toujours des bouquets, des pots de fleurs. Il refusait de l'aider. Il suivait, c'était tout.

Une semaine après avoir intégré le centre de formation des Inac-Moshi, il décida de ne plus jamais se rendre dans le cimetière. Plus jamais.

SE FIXER DES OBJECTIFS PROCHES

À la Casse déserte, la route ment. La pente s'atténue, elle hésite, puis elle descend. Un paradis de cinq cents mètres. Quand on est au bout du rouleau, c'est le piège. On se relève, on tombe les vitesses, on croit un instant que le vélo n'est pas dur, on rêve d'en avoir fini avec la souffrance, on casse son rythme, et lorsque la pente violente revient juste après ce répit, on reste planté la bouche ouverte et les cuisses en bois.

Je connais ce mirage. Je sais que je dois rester souple. Ne pas tirer trop gros d'un coup. Profiter du passage pour boire et m'alimenter. Mouliner pour me refaire une santé et me détendre les reins. Et atténuer ce pincement derrière le genou. Je bois. Je suce aussi un berlingot de produit sucré. Le dernier.

Pourvu que Baragan ne profite pas de mon ralentissement pour revenir. S'il n'est pas loin, et s'il a la puissance de mettre deux dents de mieux dans ce passage, il peut me reprendre un

paquet de temps. Mais je tiendrai. Je guette mes repères. Déjà là-bas le monument à Fausto Coppi : là où la montée reprend. Ensuite, trois kilomètres. Les plus féroces. Il faudra résister jusqu'au sommet. Trois bornes. Trois bornes à tenir. C'est long, un kilomètre en montagne. Trois, c'est interminable. Se fixer des objectifs proches. Le type en rouge là-bas devant. Le drapeau italien plus loin. Je reprends ma cadence de grimpeur.

J'ai retrouvé un peu de souplesse, la façon dont j'ai négocié la descente m'a fait du bien aux cannes. Mon genou me fait moins souffrir, mais la douleur va revenir, c'est forcé, une affaire de hauteur de selle, j'aurais dû mieux vérifier au départ, il s'en faut de trois millimètres, je suis un abruti, on n'est jamais trop précis avec les réglages.

Ne te plains pas. Pense à la pancarte brandie cent mètres devant toi, va jusque-là. Ne pense pas plus loin. Oublie la râpe qui écorche tes poumons. Essuie la sueur dans tes yeux. La pancarte. Un objectif après l'autre.

On me tend une autre bouteille. J'avale quelques gorgées avant de la laisser tomber sur la route. Je sais, ne pas boire n'importe quoi. Diététique. Danger des boissons inconnues. Gastro-entérite. Je sais. Tant pis.

La foule devient de plus en plus dense. Des spectateurs sur trois, quatre rangs. Qui se resserrent devant moi. La route étroite. Et un ahuri qui court à côté de moi. Me hurlant aux oreilles. Gras du bide. Coup de soleil sur le dos. Zigzaguant. Agitant la main sous mon nez. Menaçant de me faire tomber. Je me redresse sur ma selle, lui balance une calotte dans la gueule, qu'il aille faire le con ailleurs, les spectateurs hurlent, il n'y a plus qu'un passage mince derrière la moto qui me précède, l'air manque sur la route rétrécie, nom de Dieu pourquoi ils n'installent pas des barrières de chaque côté, je veux respirer, la moto juste devant moi, accélère, couillon, tu me bloques, un flic tâchant d'écarter la foule, je crie contre lui, contre les spectateurs, contre la chaleur, contre le mal, un cri de fureur, je deviens dingue, je me fouette à la colère, une rage m'a pris sans prévenir et soudain je me rends compte que je pense à la victoire à Briançon, je suis marteau, pas pour moi, et pourquoi pas pour moi, vous allez voir, vous allez voir de quoi je suis capable et comment je vais gagner et comment je suis prêt à crever pour gagner et comment vous allez rester sur le cul en me regardant gagner, maintenant j'ai la tête haute et je vais gagner vous entendez je vais gagner, le petit Momo va gagner, l'équipier modèle va gagner.

Sauf si Montmartin me demande d'attendre Le Garric.

N'y pense pas. Avance. Fais ton chemin. N'écoute pas les hourras des spectateurs. Ils peuvent t'applaudir tant qu'ils voudront, jamais tu n'oublieras ce que tu as enduré. Tu as bouffé des cailloux pour en arriver là. Depuis si longtemps, oh si longtemps. Une vie. Des douleurs. Des drames. N'y pense pas. Même cette crise terrible avec ta mère. Oublie-la. Ne pense pas au passé. C'est enterré. Derrière toi. Avance.

29. je veux vivre

Mal installé sur le petit balcon encombré d'objets ménagers inutiles qui l'empêchaient de travailler dans des conditions correctes, il était occupé à régler sur son vélo un dérailleur indexé quand sa mère survint dans son dos. Il se retourna. Elle avait cet air triste et battu qu'elle prenait quand elle était ennuyée ou qu'elle voulait dire une chose difficile. Il haussa les sourcils, se retint de soupirer, revint à son bricolage, essaya des réglages. La voix de sa mère le surprit.

Momo, avec tes sorties à vélo le dimanche, maintenant tu n'y vas plus.

Il suspendit son geste, hésita, ferma les yeux. Il savait très bien de quoi elle voulait parler.

Momo, tu n'y vas plus.

Il posa ses outils. Délicatement. Très délicatement. Il soupira. Un soupir long, profond. Il n'avait toujours pas ouvert les yeux, et il dit, les yeux fermés, accroupi sur le balcon, tournant le dos à sa mère : je n'irai plus.

Il l'entendit déglutir. Comme un petit hoquet dur et timide.

La tombe et le cimetière, dit-il encore, c'est fini toutes ces conneries. Je n'y mettrai plus jamais les pieds, plus jamais.

Elle resta silencieuse. Il devina qu'elle venait de poser ses doigts tendus sur la bouche. Son geste quand elle était à la fois surprise et effrayée.

Il se releva, se tourna vers elle, la fixa droit dans les yeux. Je n'irai plus jamais. Jamais. Tu m'entends, je n'y foutrai plus jamais les pieds. Tu m'as pourri toute mon enfance avec ça et maintenant c'est fini.

Il répéta, fini, fini, fini. Et il vit les larmes apparaître dans les yeux de sa mère.

Il dit encore j'en ai marre de cette putain de tombe, voilà. Il s'était mis à crier et s'étonnait de sa propre colère. Maintenant je veux vivre et je m'en fous de ton cimetière.

Il rassembla son matériel avec des gestes brusques. Saisi soudain par l'envie de tout casser. Coups de marteau, coups de clé à molette. Tordre les rayons de la roue. Bousiller le matériel. Frapper. Hurler.

Il se retint. Se contraignit à des gestes mesurés. Souffle, calme, pas d'excitation inutile. Pense au prix de ces pièces. Pas de bêtises. Respire. Ventile.

Il passa devant sa mère qui était restée là, debout, immobile, les deux mains à présent sur les joues, n'essayant même pas d'essuyer les larmes, montrant à nu son visage tourmenté.

Alors, mon petit, dit-elle très bas, tu n'as donc jamais aimé ton père ?

Il haussa les épaules, mon père, tu parles, pour ce que je l'ai connu, aimer un inconnu ça veut rien dire, mais ta putain de tombe et ton putain de cimetière et toutes ces conneries, l'église, les curés, c'est fini tu m'entends, jamais plus je n'irai m'emmerder avec ça. Jamais.

Il se dirigea vers l'alcôve qui lui servait de chambre. Une pièce si petite. Envahie de matériel, d'outils. Si embarrassée qu'il s'y sentait de plus en plus mal et s'irritait de ce sentiment. Il saisit une roue, repartit la fixer sur son vélo, fixation rapide, et sortit sans un mot avec sa machine sur l'épaule. Sans un regard pour sa mère.

Il restait assez de jour encore pour qu'il aille rouler et se faire mal aux jambes et se faire mal aux reins et se faire mal partout, jusqu'à oublier tout ce qui n'était pas son effort et la douleur dans ses muscles torturés.

La foule s'écarte enfin. Des barrières la tiennent à distance. Je retrouve la largeur de la route. L'air. La liberté de choisir mes trajectoires. Je m'offre une séance de danseuse. Pas pour accélérer : pour dénouer les muscles. Les reins, les cuisses. Les épaules. Une douleur de couteau me tire la nuque. Et le tendon, derrière le genou droit, une vrille.

Les spectateurs hurlent. Des bras se lèvent. Des couleurs éclatent. Une houle se penche vers moi avant mon passage, m'accompagne dans le tintement obsédant de toutes ces mains qui frappent en cadence les barrières, et là-dessus le ramdam des moteurs et l'hélico et les avertisseurs, je n'entends plus rien, je suis porté par l'enthousiasme de la foule et j'ai mal.

Je me rassois. Le souffle court. Trop court. Cette montée qui n'est toujours pas finie. Les reins, un poing me les tord. Je me remets en danseuse. Les cuisses vides. Plus de jus. Plus de forces. Je balance le torse pour m'aider à pédaler, basculant le corps à gauche, à droite. Une attitude que je n'ai jamais aimée. Balourde, malgracieuse. C'est laid, un homme qui souffre.

Ne montre pas ta souffrance. Jamais. Ne te plains pas. Montre une faiblesse, les rats s'y mettent. Me contrôler. Sobriété. Tu as raison, m'avait appris Roger Piano pendant mes premières courses en montagne, n'éparpille pas tes gestes, c'est un principe d'économie. Gaffe à ta posture à vélo dans les cols. Fluidité, cadence. Les mains légères sur le cintre.

D'accord. Rester élégant. Politesse de la douleur.

Merde à la politesse. Je me déhanche. Je me démantibule. Arrachant mon effort à chaque coup de pédale. Sans tempo

régulier. Sans rythme. À l'énergie. Au courage. Me rasseyant. Courbant le dos. Couché sur le guidon. Balançant les épaules. Le poids du corps sur chaque cuisse, alternativement.

Un kilomètre. Une torture.

L'envie de tout lâcher.

Me remettant en danseuse. Les mains aux cocottes. Happant l'air. La bave aux lèvres. Supplicié. Ne regardant même pas la banderole du sommet, là-bas. Ne pensant surtout pas à la descente. N'écoutant rien. Ne pensant qu'à écraser une pédale après l'autre. Lentement, si lentement. Trop lentement.

Si Baragan revenait ? Il va revenir. Tu coinces sévère. Tu n'avances plus. Il va revenir. N'y pense pas. Ne pense à rien. Une pédale, l'autre. Assis. En danseuse. La banderole, là-bas. Encore si loin. Ne regarde pas. Concentre-toi. Rien d'autre n'existe que le présent. La course s'effectue maintenant, maintenant et maintenant.

30. le passé ne passe pas

C'est peu de temps après son refus définitif de se rendre au cimetière qu'il comprit ce qu'il aurait dû comprendre beaucoup plus tôt.

Tout découla du hasard qui lui fit croiser Sauron dans la cité. Depuis Saint-Laurent-le-Vieux il l'avait oublié, mais dès qu'il aperçut son visage, il se souvint de la colo, de la pluie interminable, des courses obstinées sur la terre battue de la cour, du couteau planté dans la main, et de la tristesse insatiable des jours.

Il le salua en riant, Sauron ça alors, qu'est-ce que tu fiches dans mon quartier ?

Plombier, mon vieux, j'apprends le métier dans la boîte de mon père avant de reprendre le manche à sa place, et toi qu'est-ce que tu deviens ?

Ils continuèrent la conversation chez Momo, qui tenait à montrer son vélo et à parler de son engagement dans le centre de formation d'une équipe pro, tu vois je fais mon trou dans le sport, et toi, tu pédales toujours ? Tu te rappelles que tu te vantais d'escalader à une allure de champion une grimpette située derrière chez toi et que tu espérais battre bientôt Bernard Hinault ?

Sauron secoua la tête. Lui ? Continuer la bécane ? Pas fou. Trop dur, comme sport. Et puis la vie, le boulot, les sorties, non, pas le temps pour ces gamineries. Et les filles, mon vieux, les filles, c'est plus important que le vélo, non ?

Momo revit soudain l'escapade dans le village éloigné, la revue feuilletée au bord d'une fontaine, les filles nues, la honte et l'excitation, puis l'engueulade du directeur et, en même temps, il revit encore une fois le couteau planté dans la peau de sa main.

Mais toi, dis donc, poursuivait Sauron qui tirait de sa poche un paquet de cigarettes, en offrait à Momo, ah bon tu fumes pas, c'est donc sérieux ton sport, remarque ça se comprend, tu as le format pour, t'as pas grossi, toujours aussi racho, comment ça se fait qu'ils t'engagent dans une équipe cycliste avec tes mollets de coq, pour courir le marathon je dis pas, c'est un sport pour sacs d'os et pour momies, un truc pour

Blacks ou pour Arabes, d'ailleurs c'est bien pour ça que t'étais si fort à la course.

Momo fronça les sourcils. Qu'est-ce que tu veux dire ?

Allons, Momo, tu vas pas renier ta race, non ? Sauron riait de confiance, un grand sourire de connivence comme celui qu'il avait eu en dépliant les trois volets des pages centrales de la revue, voyons, Momo, tout le monde sait bien que tu as des racines arabes, y a qu'à voir tes cheveux frisés et d'abord à la colo c'est pas pour rien que dans ton dos on t'appelait Mohamed.

T'es toujours aussi con, dit Momo. Mon prénom c'est Maurice, qu'est-ce que tu vas inventer ? Comme tu veux, dit Sauron, mais enfin il y a des trucs qu'on ne peut pas cacher. Putain il te faut des preuves ou quoi, dit Momo, attends une minute, si tu veux la preuve que c'est que de la balle tes racontars attends une minute. Il se leva pour aller chercher le livret de famille dans la chambre de sa mère.

C'était la première fois qu'il fouinait dans le coffret où sa mère classait les papiers de famille. Jusqu'ici, les bulletins de naissance et autres pièces officielles, c'était elle qui s'en occupait, et il ne s'en était jamais inquiété. C'était la première fois également qu'il pénétrait dans cette petite chambre pour y chercher quelque chose en l'absence de sa mère.

Il fouilla au milieu des documents rangés dans le coffret, les quittances de loyer dans des enveloppes jaunâtres, les factures d'électricité, d'autres enveloppes contenant de vieilles photographies, des clichés en noir et blanc au bord dentelé qui représentaient des gens inconnus, et enfin il mit la main sur le livret, il allait voir, cet abruti de Sauron.

Bénadour Maurice François Gabriel. Ce n'était pas une

preuve, ça ? Il tourna une page. Né de Maisonneuve Juliette Anne Marguerite, et de Bénadour François Mohamed Slimane.

Il revint dans le séjour sans montrer la moindre émotion. Fit voir à Sauron la page de sa propre naissance. Abrégea la discussion. Raccompagna Sauron à la porte. Puis, une fois seul, ouvrit de nouveau le livret de famille. De sa famille. Plongea dans une histoire qui lui échappait. Un passé qui ne passait pas.

ENTENDRE CRIER MON NOM

Quelqu'un a crié mon nom. Bénadour allez, Bénadour. Un spectateur, puis un autre, un autre encore. Allez Bénadour, allez, Momo. On scande mon nom. La pente s'adoucit, je respire, je me redresse. Assis. La banderole du sommet. Juste après commencera la descente. Je la connais. Une plongée directe. Pas le temps d'arranger la tenue ou de boire une fois engagé dans la pente. Ne pas prendre froid avec le maillot grand ouvert. La transpiration glacée sur la poitrine. Je remonte la fermeture jusqu'en haut. Je saisis mon bidon. Eau tiédie. Délivrance.

Au passage de la ligne du sommet, je suis presque en roue libre. Je me redresse. Le torse dégagé. Montrer la marque. Équipe Inac-Moshi. Ils me paient, je fais le métier. Rien à dire.

Les spectateurs, une clameur, la foule, un nombre ahurissant. Une masse, pas un visage.

Si : un visage. Un seul. Un gamin que son père tient debout sur la barrière. L'agrippant par la culotte pour assurer son équi-

libre. J'aperçois au passage la figure du gosse. Son sourire. Son bonheur. Sa fierté aussi. Il ne crie pas. Il regarde. L'air si heureux. Je plonge dans la descente.

Tout de suite les lacets. La vallée qui s'ouvre tout entière. Droite, gauche, droite. La série que j'ai déjà dévalée tant de fois. Sept Tours, cinq Dauphinés. Je connais. Le Refuge Napoléon sur la droite. Encore un grand virage. Puis la ligne droite qui file vers la forêt.

Il n'y a presque pas de spectateurs dans la descente. Tous dans la montée. Là où on a le temps de détailler les coureurs. Là où ils peinent. Là où ils sont laids. Et grands.

J'ai mis le 53, et ce nouveau rythme me fait du bien. Et plus de bien encore les passages où je ne donne aucun coup de pédale, prenant de la vitesse simplement à cause de la pente. Je retrouve mon souffle. La douleur derrière le genou s'éloigne.

J'ai pris le guidon par en dessous. Assis en fond de selle. Le poids sur la roue arrière. La nuque tendue. Trop tendue. Détends tes cervicales. J'effectue quelques rotations du cou tandis que j'approche de la forêt. Ensuite, je n'en aurai plus l'occasion.

Les sapins, l'ombre, l'odeur, la fraîcheur. Je me ramasse sur le vélo. Une bombe, une petite bombe. Les épingles à cheveux qui traversent la forêt, si serrées, si malaisées à prendre, si dangereuses. Je freine à l'entrée du premier lacet. Trop fort. Ma roue arrière chasse. J'ai toujours eu la trouille dans ce passage.

Pas le temps d'avoir peur. La peur est un luxe. Fonce.

Le secret, c'est d'étrangler l'imagination. Si tu penses à la chute, tu tombes. Parce que tu te crispes. Si tu penses à la crevaison, tu crèves. Parce que c'est comme ça. Il ne faut pas gamberger, il faut jouer : avec les trajectoires, avec le vent, avec l'état de la route. Avec la trouille.

Les motos s'écartent dans les virages. Elles vont moins vite qu'un vélo en descente. Les voitures, n'en parlons pas. Mais elles remontent dans les bouts droits. Accélérateur à fond. Jusqu'au lacet suivant. On me laisse la corde. Je passe. Je file.

J'aime descendre. Les premières courbes, je les prends toujours mal. Ensuite, le rythme vient. Et l'euphorie. Le vent dans les oreilles. N'entendant plus rien. Hors du monde. Lâché. Dansant sur une corde. Au bord du vide. Un vertige. L'excitation de frôler la limite. Près, plus près encore. L'ivresse, la vitesse. À un doigt de la chute. Couché sur le vélo. Dessinant les courbes. Des trajectoires si pures parfois. Si belles. Si effrayantes.

J'ai passé la forêt mieux que je ne l'aurais cru. Ensuite la vallée s'ouvre. La route plonge sans mystère sur Cervières. Il n'y a plus de virage dangereux pendant un moment. Seulement une route large, ouverte, où il faut pédaler pour gagner de la vitesse. Tout à droite, 53 × 12. J'appuie. Faire rougir le douze dents.

Aussitôt la grimace. Douleur. Derrière le genou, des pinces, une morsure. Tourner les jambes trop vite fait brûler le tendon. Économise-toi. Calme. Il faut tenir jusqu'à l'arrivée. La descente, et pour finir la montée dans Briançon. Tu y arriveras. Gardes-en sous la pédale. Tu as encore de la marge.

De la marge ? Combien ? Où sont-ils, les poursuivants ? Baragan ? Et la tête du peloton ? Plus d'ardoisier pour me renseigner. Et Le Garric ? Je suis fou, j'ai oublié Le Garric, je n'ai pensé qu'à moi. Vite, appeler Montmartin.

Pas de communication. Un crachotement. Laisse tomber. Débrouille-toi tout seul. Après tout, c'est ainsi que tu t'es toujours débrouillé dans l'existence, non ? Tout seul et serrant les dents. Accroche-toi. Tu appelleras ta voiture après Cervières.

C'est juste après le virage à gauche dans Cervières que je sens la catastrophe. Crevaison à l'arrière. Je talonne. Au pire moment. La poisse.

31. tout ce qui soudain s'écroule

Le coup. La sensation de vide subitement installée dans son ventre. Le livret de famille ouvert dans les mains. Le souffle court en relisant encore une fois la page consacrée à son père.

Bénadour François Mohamed Slimane. Né à Blida, Algérie, fils d'Abdelkader Chérif Slimane Ben Adour.

Un nom francisé. Des origines arabes dissimulées derrière un prénom qui ne cachait pas ses intentions. François, Français.

Comment l'appelait-elle, sa mère, quand elle s'adressait à lui ? François ? Slimane ? Mohamed ?

Et comment aurait-il élevé son fils, s'il avait vécu plus longtemps ? Momo avait trois ans à sa mort. Aurait-il parlé à son fils de ses origines ? De son pays ? De sa famille ?

Les histoires de famille. Tant de secrets, de sous-entendus, de malentendus. Et si peu de mots. Tout ce qui est tu. La pudeur, peut-être. Ou les cicatrices jamais fermées. Là-dessus, le silence. Et tout ce qui couve et fermente sous ce silence. Et puis, une fois le couvercle levé, tout ce qui soudain s'écroule.

Le jour où Momo avait ouvert le coffret, il n'avait pas trouvé grand-chose à part un extrait de naissance de son père. Quelques photos anciennes, aucune d'Algérie. Le minimum de papiers. Un passé effacé. Balayé. Nettoyé. Lessivé. Sa mère avait fait le ménage.

Femme de ménage. Tout se tient.

Il pensa aux mots qu'il entendait parfois dans la rue, dans le bus, chez les commerçants. Des mots qu'on prononce au passage, en tordant un peu la bouche. Des mots crachés. Bicot, bougnoule, raton.

Sale bicot, sale bougnoule, sale raton.

Et les petits groupes séparés, au lycée technique. Oui, il avait des copains arabes, comme tout le monde. Mais ce n'étaient pas des copains comme les autres. On blaguait avec eux dans la classe, mais aller chez eux, non, jamais. Sans parler de ce qu'on racontait dans leur dos au moment du ramadan, le jeûne tout le jour, un jeûne rigoureux, comment ils s'y prennent pour le tenir moi je pourrais pas, tiens Abdel bouffe un Mars un Lion des Treets un croissant au chocolat, et l'autre non merci je peux pas je fais le jeûne, putain ils sont cons ces Arabes avec leur ramadan leur islam leurs coutumes leurs mosquées.

Et toi ? Depuis tout petit, l'Église. Le catholicisme. La messe. La colo catho. Le collège Sainte-Marie. Le lycée Saint-Vincent. La communion. Les sacrements. Notre sainte mère l'Église.

Et ta mère qui sans arrêt te répétait, depuis tant d'années, Momo, sois un bon chrétien, n'oublie pas que le diable ne dort jamais, respecte Dieu et les saints, tu sais que c'est la volonté de ton père.

Abdelkader Chérif Slimane Ben Adour : le grand-père. Père de Bénadour François Mohamed Slimane. Lui-même père de Bénadour Maurice François Gabriel, dit Momo.

Un Momo déraciné. Sans terre natale. Et décidant de ne

rien dire à sa mère de ce qu'il avait découvert. Ni à personne. Partant en stage pour le centre de formation de sa nouvelle équipe sans avoir parlé. Silencieux. Muré.

ACCEPTER SON DESTIN

Je crie. Jure à voix haute. Tout est foutu. La roue arrière se dégonfle. Crevaison. Où ? Comment ? Peu importe l'endroit où c'est arrivé. La scoumoune. Je dresse le bras. Que les commissaires à moto transmettent l'info tout de suite. Qu'on vienne me dépanner. La voiture de l'équipe ? Roger Piano ? Trop loin sans doute, coincé dans les embouteillages de la caravane. Alors la moto Mavic qui assiste tous les coureurs ?

Qu'ils fassent vite. La route après Cervières se rebiffe. Un faux plat montant. Un passage désagréable. Je veux le franchir en souplesse plutôt qu'en force, je ne mets pas trop gros pour épargner mon tendon. Mais cette roue qui se dégonfle, jamais je n'irai assez vite. Je lève le bras de nouveau. Qu'est-ce qu'ils foutent ?

Encore heureux que je n'aie pas percé dans les épingles à cheveux, je me serais ramassé méchant. Encore heureux aussi que je n'aie pas éclaté. La roue ne se dégonfle que petit à petit. Je peux rouler quelques kilomètres dans cet état, mais pas plus. Je me retourne, une main aux cocottes, l'autre sur le genou plié. Je lève encore le bras.

La déveine la poisse le guignon. Percer au moment où je peux remporter une étape dans le Tour. Et avec dans le dos un peloton

de gros bras qui allume à fond. Pas contre moi, certes. Aucune illusion. De ma petite personne, ils s'en balancent. Ils roulent pour creuser des écarts sur ceux qu'ils ont distancés dans la montée, et quand ils me rattraperont ils me boufferont au passage, c'est tout. Ils me tueront sans y penser, par inadvertance.

Toujours pareil. Toute ma vie j'aurai connu ça. Jamais eu de chance. Accepte ton destin, Momo.

Non. Je ne veux pas. Je veux résister. Tenir. Rester devant. Malgré cette roue arrière. Qu'est-ce qu'ils glandent ? La moto Mavic ? Elle aurait dû me dépanner depuis longtemps. Ils ont des roues toutes prêtes. Mais quelles couronnes ? N'importe quoi pourvu qu'on me dépanne.

J'en ai presque fini avec le faux plat et personne n'est venu à mon secours. Je jure. Tape du poing sur le guidon. Le mec de la télé me filme, je m'en suis avisé trop tard. Ne te plains jamais. Merde. Au diable les formules. Je pousse un cri. Rage, colère, dépit. Je lève encore une fois le bras, sans me retourner, le nez dans le guidon.

On klaxonne dans mon dos. Cet avertisseur : la voiture de Roger Piano. Enfin. Un petit coup d'œil en arrière. Oui, c'est lui. Un pilote du tonnerre de Dieu. Il a dû faire une descente de dingue. Je descends les pignons pour faciliter la manœuvre, je freine, je saute du vélo, j'actionne la manette de changement rapide, j'ôte la roue. Le mécano est déjà là. Je tiens la machine par la selle. Il s'est accroupi. La moto Mavic s'est vautrée dans la descente, il explique en remettant la chaîne en place.

Les autres, loin derrière ? je demande.

Il fixe déjà la nouvelle roue. T'as presque une minute d'avance sur le groupe de tête, Le Garric est avec Scarpa, fonce, tu vas gagner, mec, tu vas gagner.

J'enfourche la machine, il me pousse aux fesses, c'est la fin du faux plat montant, je n'ai plus qu'à plonger sur Briançon. Avec presque une minute d'avance. Un trésor. Connaître cet écart, c'est bouffer un bâton de dynamite. Je vais tout faire péter. Il va falloir qu'ils s'arrachent les tripes, derrière, pour venir me voler ma victoire.

Parce que je vais gagner. Je n'ai plus personne à protéger, Le Garric ne lâchera plus Scarpa, je n'ai plus de tactique d'équipe à respecter, à moi de jouer. Gagner. Ma première étape dans le Tour.

Si je tiens jusqu'au bout.

32. une défaite irréparable

Il quitta l'appartement familial pour vivre seul, ne revit sa mère que de loin en loin. Toujours en coup de vent. Et sans jamais évoquer ce qu'il avait découvert dans le livret de famille. Évitant tout sujet s'y rapportant de près ou de loin. Parlant peu. Ça va ? Et toi ? Ça marche. Une heure ou deux, rarement plus. Bon, eh bien au revoir. Un baiser rapide et c'était tout.

Les années passèrent. Il était déjà devenu pro et s'était déjà mis en ménage avec une fille rencontrée sur une course, quand sa mère tomba malade. Il rappliqua aussitôt prévenu. Une alerte qui avait pris tout le monde de court, l'hospitalisation, le cœur, la fatigue, l'usure. Le prix d'une vie.

Dans le silence de sa chambre d'hôpital, elle avait les traits tirés, un teint mâché, une peau de papier, des rides creusées, un creux nouveau sur les joues, des yeux battus, et ce sourire fatigué quand elle vit Momo. Mon pauvre petit, il ne fallait pas te déranger pour moi.

Il resta quelques jours à l'hôtel, le temps qu'elle se remette de son attaque, et lorsqu'elle rentra chez elle, cité des Tulipes, il l'accompagna.

Elle lui serra le bras quand il ouvrit la porte de l'appartement, je suis si contente de revenir à la maison, mieux vaut un petit chez-soi qu'un grand chez les autres, où est-on mieux que là où on a toujours vécu ? Puis, d'un air doux et interrogatif, presque timide, en se tournant vers Momo : on aura quand même eu un peu de bon temps dans cet appartement, non ?

Il avait pris le temps d'acheter plusieurs bouquets qu'il avait disposés un peu partout, des brassées de mimosas, des roses, des jonquilles, une énorme amaryllis glorieuse, et l'appartement sentait le printemps. Tu es bête, dit-elle, tu jettes ton argent par les fenêtres, un seul bouquet aurait suffi, tu as dépensé comme si tu n'avais qu'à te baisser pour ramasser les sous. Puis, après un silence : mais je suis bien contente quand même, j'aime tellement les fleurs.

Ils s'assirent à la table de la cuisine, ils discutèrent d'abord de choses anodines, puis, alors que le soir commençait à tomber, elle se leva, partit dans sa chambre chercher un gros classeur, le déposa sur la table, l'ouvrit. Il était plein de coupures de journaux. Les courses de son fils, ses classements, des photos.

Jamais encore elle ne lui en avait parlé. Il feuilleta le classeur en silence, cherchant quoi dire, ne trouvant pas.

Elle soupira, tu sais, Momo, ton père aurait été content. Quand tu es né, il a dit j'espère que ce mioche fera mieux que moi dans la vie, un fils qui dépasse son père ça justifie toute une existence.

Elle ajouta je me rappelle comme il chantait pendant qu'il te berçait, des comptines qu'il avait apprises rien que pour toi, il avait acheté un disque pour bien retenir les paroles.

C'était la première fois qu'elle évoquait son mari de façon aussi directe. Momo ne disait rien. Elle le regardait dans les yeux, et sa voix était douce et triste.

Mon petit, je sais que tu es assez tête de mule pour ne plus jamais aller sur sa tombe au cimetière, mais ça ne fait rien, je sais aussi qu'il aurait été heureux de voir là où tu en es. J'ai travaillé toute ma vie pour qu'il n'ait pas honte de son fils.

Il répliqua sans réfléchir, trop vivement : je t'en prie ne parle pas de honte, pas pour un type qui a renié ses parents et qui a même modifié son nom, un type qui s'est fait appeler Bénadour au lieu de Ben Adour et François au lieu de Slimane ou Mohamed, je ne vois pas comment je pourrais être fier d'un type pareil.

Il se tut brusquement. Surpris de ses propres paroles. Une colère soudaine, une tristesse qui crevait d'un coup. Et comment se reprendre ?

Il voulut poser la main sur celle de sa mère, n'osa pas, retint son geste. Il la dévisagea. Elle paraissait petite, tassée, fragile, assise sur cette chaise de cuisine, devant cette table où elle avait préparé tant et tant de repas.

Si tu savais, dit-elle à voix basse, tu ne parlerais pas comme ça. Il faut tourner sept fois sa langue dans sa bouche avant de parler, Momo, trop gratter cuit trop parler nuit. Le changement de nom ce n'est pas lui qui l'a voulu, c'est son père à lui. Et pareil pour la religion. Ils voulaient tellement que leur fils sorte de la misère, tu comprends ? Ils ont dit tu es en France sois français. Prends un nom français, prends une religion française, et ton fils sera français, il ne connaîtra pas ce qu'on a connu. Et François a été d'accord, et j'ai été d'accord, et on pensait que tu serais d'accord quand tu serais en âge de comprendre. Et puis voilà, il est mort si vite, il n'a jamais vu grandir son fils.

Elle ne regardait pas Momo. Elle fixait le vide.

C'est comme ça on n'y peut rien, toute médaille a son revers, pour une joie mille douleurs.

L'horloge électrique, la même que lorsqu'il était enfant, faisait entendre son tic-tac régulier. Quelle heure pouvait-il être ? Tard, si tard. Trop tard peut-être.

Si tu crois que ç'a été facile, ajouta-t-elle. J'ai pensé qu'il valait mieux ne rien dire, on regrette toujours une parole échappée. Ce que tu dis appartient aux autres, ce que tu ne dis pas appartient à toi seul. On est le maître de ses silences.

Elle avait noué les mains sur son ventre. Des mains de vieille femme, maigres, noueuses, semées de taches brunes. Elle ne les porta même pas à son visage quand la première larme se mit à couler.

Il resta immobile. Incapable de parler. Pris dans la sensation d'une défaite sans appel, irréparable et déchirante. Muet.

TENIR, ESPÉRER, LUTTER

Je peux encore gagner. Je le dois. Me concentrer. Foncer sur Briançon. Traverser les faubourgs en pente rapide jusqu'au

niveau de la gare. Tourner à droite. Aborder la rampe large. La montée soudaine. Sale changement après ces bornes de descente. Un casse-pattes mortel. Mais avec une minute d'avance j'ai de quoi voir venir.

Une minute ? Moins. Forcément moins. J'ai lâché un paquet de secondes avec le changement de roue. Et mon ralentissement avant mon arrêt. Combien ? Quinze secondes ? Plus ?

Tenir avec une quarantaine de secondes sur mes poursuivants. Les ténors du peloton. Ils y vont à la manœuvre pour mettre du temps dans la vue de ceux qu'ils ont semés dans l'Izoard. C'est le classement général qui se joue dans mon dos et les gros bras me reviennent dessus à toute allure.

La grande rampe après la gare, l'escalader sans tirer trop gros. N'explose pas. Mets-toi minable mais n'explose pas. Gaffe à ton tendon. Il y aura encore la montée de la Gargouille après. Cette bêtise spectaculaire pour la télé. N'y pense pas. Avance.

Je suis sur le 39. Derrière ils vont monter sur la plaque. En puissance. Des locomotives. Me bouffant les secondes sur le dos.

Pas encore fini. Je me dresse en danseuse. Ne te rends pas. À chaque coup de pédale à droite je reçois un coup de stylet derrière le genou. Concentre-toi. Tu as moins mal en danseuse ? Reste en danseuse. Ne t'affole pas. Ils sont encore loin derrière. Respire. Maîtrise. Tiens bon.

Pourvu qu'ils ne m'aient pas en point de mire. Pas maintenant. Pas déjà. Je me retourne. Motos, voiture du directeur de course, motos encore. Et là, juste derrière, les éclats de couleurs vives des maillots. Un petit groupe. Des torses balancés en cadence. Ils rappliquent. Ils vont revenir. Ils reviennent. C'est fini. Je ne résisterai pas.

Et Montmartin subitement à l'oreillette, accroche-toi, Momo, tu réalises un gros truc, nom de Dieu tu vas l'avoir ton étape, tous les gars de l'équipe sont fous de joie, donne tout ce que tu as, vas-y, c'est bon, accroche-toi.

Pourquoi ne m'annonce-t-il pas les écarts? Parce que mes poursuivants sont trop proches? Je me relance en danseuse. Tenir. Espérer. Lutter.

33. rien n'est jamais fini

Sa mère ne pleura pas très longtemps. Elle secoua la tête, souffla : c'est trop bête, essaya de sourire, il y a le dîner à préparer, elle se leva, qu'est-ce qui te ferait plaisir à manger, Momo ne parlait toujours pas, elle essuya une dernière larme qui lui piquait la joue, je ne sais pas si j'ai de quoi te préparer un festin, dit-elle, je ne voudrais pas te faire des nouilles, j'ai lu dans les journaux que les coureurs mangent tous les jours des pâtes alors si je trouvais quelque chose d'autre à te faire ce serait bien non ?

Elle parlait trop, d'un coup. Lui, non. La gorge nouée.

Elle refusa son aide. Je ne suis pas une grabataire, dit-elle, je suis encore capable de préparer la tambouille, dit-elle, celui qui s'écoute se rapproche de la tombe, dit-elle, tiens si tu veux te rendre utile prends plutôt mon ordonnance et va chercher mes remèdes chez le pharmacien, celui qui est au coin de la rue, dit-elle, mon Dieu, dit-elle, tous ces remèdes qu'ils m'ont prescrits, il y en a tellement que ça va me remplacer les repas.

En revenant de la pharmacie, il plaça les médicaments sur la table, puis il s'approcha de sa mère qui lui tournait le dos et lui posa un baiser sur le cou. Elle se retourna, sourit. Il lui passa la main sur la joue, sur les cheveux. Elle avait désormais si peu de cheveux, si clairsemés et si fins. Une vieille femme, une vieille femme fragile, une vieille femme qui disposait de si peu de protection maintenant dans l'existence.

Au repas, il parla de son métier. Et le soir, devant la télévision en couleurs qu'il lui avait offerte quelques années auparavant et qu'elle regardait si souvent, elle lui confia qu'elle avait peur de le voir tomber, parfois, quand elle suivait ses courses. Et qu'elle était si fière quand elle le voyait en tête. Elle se rappelait le nom de certains cols où il avait tiré son épingle du jeu, des endroits où jamais elle n'avait mis les pieds, elle écorchait les noms, Momo souriait, il était bien, il se demanda si un jour dans sa vie il s'était senti aussi libre avec sa mère, aussi libre et aussi heureux avec cette femme qui l'avait élevé seule sans jamais se plaindre.

Il repartit le lendemain matin. En promettant de revenir après le Dauphiné libéré qui allait le retenir deux semaines.

On l'appela la veille de l'arrivée à Grenoble. Une nouvelle attaque. Fatale cette fois. Rien à faire. Au moins, une mort rapide.

Elle avait exprimé ses volontés aux médecins, la première fois qu'elle était allée à la clinique. Donner mon corps à la science. Si ça peut aider les étudiants carabins à se former pour sauver des gens, ce sera une bonne chose. Dépouille en trou n'est bonne à rien, mieux vaut tirer profit de ce qu'on peut. La vie continue après nous, rien n'est jamais fini. D'autant plus qu'une tombe, si c'est pour que personne ne s'y rende, pas la peine. Et puis les larmes n'ont jamais ressuscité un défunt.

Momo respecta ce qu'elle avait voulu. Pas d'enterrement. Juste une cérémonie dans la chapelle de l'hôpital.

Jamais il n'aurait imaginé qu'un homme puisse pleurer autant.

DONNE TOUT CE QUE TU AS

Vas-y, Momo, crie Montmartin, Le Garric met un faux train pour les ralentir, ils ne reviendront pas, vas-y, ne te retourne pas, vas-y, Momo, c'est bon donne tout, elle est pour toi, tu vas l'avoir, donne tout ce que tu as.

J'arrive sur le replat. Court. Ensuite, la poterne, l'entrée dans le cœur de Briançon. La montée de la Gargouille. Un boyau médiéval. Un caniveau dans l'axe. Des pavés. Une pente à plus de 10 %. Un truc infernal juste bon à faire des images à la télé. Connerie.

Quand j'étais gamin, c'était si facile de gagner des courses sur les routes solitaires où je n'avais à battre que mon ombre. L'enfance est finie. Je suis seul, j'ai mal, je suis au bout du rouleau, je souffre. Je ne peux pas gagner.

Les voitures de la caravane ont été déviées avant la poterne. Seules quelques motos m'accompagnent.

Elle n'est pas longue, la montée de la Gargouille. Juste assez longue pour tuer un coureur éreinté. Cette pente exagérée, ces

pavés, cette ruelle étouffante, après tant de kilomètres c'est la mort. Je vais coincer.

Donne tout, crie Montmartin pour la dernière fois, tu la tiens cette étape, vas-y vas-y ne te retourne pas vas-y tu vas l'avoir vas-y.

Je n'écoute pas les mots. Le ton me suffit. La rapidité des phrases. L'enthousiasme. Vas-y c'est bon vas-y.

Je veux ajouter des dents derrière. Il n'y en a plus. Je tire un braquet insuffisant pour résister aux poursuivants. Eux montent au sprint, moi au courage. La souffrance dans tout le corps. Pas seulement les jambes, les épaules, la nuque. Partout. Côtes, articulations, cou, bras, poignets. Déchiré. Martyrisé. Et le tendon, un barbelé derrière le genou. Pourquoi ? Pourquoi souffrir autant ?

Pour une victoire qui va me passer sous le nez.

Je n'ai plus de force. Arrachant chaque coup de pédale en danseuse. Grotesque à me balancer de gauche et de droite. Le corps déporté au-dessus de la roue avant. À l'agonie.

Jamais je ne tiendrai jusqu'à l'arrivée. Je me rassieds. Sans espoir. C'est fini.

34. trop tard arrive toujours trop tard

Jamais il n'en apprit davantage sur son père. Il eut beau fouiller les papiers laissés par sa mère, rien. Pas ça.

Aucune photo. Aucune lettre. Même les pauvres traces qu'il avait trouvées dans le coffret avaient maintenant disparu.

Le néant.

À qui demander ? Des amies de sa mère ? Il ne lui en connaissait pas. Il essaya, malgré tout. Se renseignant chez les voisins, les commerçants du quartier. Peine perdue.

Elle avait fait le vide derrière elle. Se méprenant sans doute sur la colère de son fils. Effaçant toute trace pour lui éviter de revenir sur cette souffrance qu'elle supposait trop lourde pour lui. Prenant toute la peine sur ses épaules. Seule. Comme d'habitude.

Si elle avait su. Et lui aussi, s'il avait su. S'il avait osé lui parler. Mais comment laisser sortir les mots lorsqu'on est tellement habitué au silence ?

Il revint une dernière fois dans l'appartement. 37 B cité des Tulipes. La lumière crue des lampes n'éclairait plus que l'absence. L'espace figé. Les meubles désormais inutiles. Le canapé où il avait si longtemps dormi. Et la chambre de sa mère toujours aussi propre, aussi bien rangée, aussi dépourvue d'odeur. Aussi muette.

Tout ce qu'il trouva, ce fut les grands classeurs où elle avait réuni les coupures de presse qui relataient la carrière de son fils. Ces articles découpés avec soin, ces photos collectées avec minutie, ces documents collés avec précision. Avec amour. Et qu'elle gardait cachés, pour elle, rien que pour elle.

Il l'imagina, le soir, assise devant la table de la cuisine, un classeur ouvert devant elle. Les journaux, les ciseaux, la colle. Son fils.

À quoi servent les regrets ?

Si jeunesse savait si vieillesse pouvait. Trop tard arrive toujours trop tard.

Ce vide. Ces paroles tues. Ce silence. Ces questions murées. Ce mystère. Pour toujours.

L'homme propose Dieu dispose. On ne sait jamais. Il faut faire avec ce qu'on a. Courir après des si j'avais su, c'est courir après le vent. Momo, on sait ce qu'on a, on ne sait pas ce qu'on perd. Celui qui se retourne ne voit pas où il va.

Momo, s'il te plaît, ne renonce jamais. La vie est dure mais c'est la vie. Quand la chance passe, il faut la saisir aux cheveux. À cœur vaillant rien d'impossible.

Oui maman.

NE TE RETOURNE PAS

C'est trop tard. Je suis vidé. À deux doigts d'une victoire qu'on va me voler. Je ne tiendrai pas. Ils sont derrière moi. Tout près.

Le petit Momo. Le gringalet. Celui qui ne gagne pas. Mon enfance.

Ne te retourne pas.

Ces salauds qui toujours ont pensé, le pauvre petit, évidemment il n'est pas fait pour gagner.

Ne te retourne pas.

Bon Dieu, tu le sais, en course, à proximité de l'arrivée, surtout ne pas se retourner. Jamais. On ne court plus contre les poursuivants mais contre soi. Plus de calcul. Concentration. Pense à toi. À ta victoire. Donne tout ce qui te reste. Mets-toi minable mais va au bout.

La fin de la montée n'est plus très loin. J'aperçois la grande porte au sommet, le ciel s'ouvre, les pavés cessent. Je suis en danseuse, je me déchire. Mes dernières forces.

Ne te retourne pas.

Je me retourne.

Voitures, motos, foule. Brouillard. Maillots. Les poursuivants. Ils sont là. Si proches.

Ne te retourne pas.

Tu ne peux pas échouer. Pas maintenant. Vide-toi. Petit Momo. Trop petit ? Montre-leur qui tu es. Tous ces combats que les autres n'ont jamais imaginés. Ta vie. Tous les jours, tous les jours, tous les jours. Se battre. Mettre le nez à la fenêtre. Montrer les dents. Mordre. Tenir. Refuser de renoncer.

Ne te retourne pas.

Ils sont dans mon dos. Je le vois aux visages des spectateurs. Je ne tiendrai pas.

La sortie du boyau, enfin. La grande lumière. Le replat. Le grand virage à droite. Tomber les pignons par réflexe. Cinquante mètres. Ne te retourne pas.

Les hurlements du présentateur à l'arrivée. Haut-parleurs tonitruants. Mon nom ? Trop de boucan. Trop de mots. Mon nom encore une fois. Le nom de Scarpa. Les poursuivants. Je suis en tête ? De combien ?

Ne te retourne pas.

Mon père, si au moins il avait vécu assez longtemps pour me voir.

Assis. Les mains en bas du guidon. Donnant toute ma pauvre puissance. Ne voyant rien. Dans un brouillard. Jetant mon vélo sur la ligne d'un dernier effort de tout le corps. Entendant hurler mon nom au moment où je me relève après la ligne et où le maillot jaune me double sur sa lancée du sprint en donnant du poing sur son guidon, rageant de ne pas m'avoir rattrapé avant la ligne et d'avoir laissé la victoire à un sans-grade comme moi.

Roger Piano se précipite vers moi. Me retient. J'allais tomber. Il me saisit par les épaules. Je bascule sur le côté. Incapable de descendre seul de machine. Je ne sais plus où je suis.

Il m'aide à mettre pied à terre. Je gémis en passant la cuisse par-dessus la selle. Un mécano me colle une serviette-éponge sur le dos. Je ruisselle. Je m'écroule contre les barrières. Roger Piano s'agenouille. Il dégrafe mon casque. Je lève la tête, le cou tendu, la bouche ouverte, les yeux fermés. L'air qui entre dans mes poumons me déchire. Je tousse, j'entends crier écartez-vous. J'entends foutez-lui la paix. J'entends laissez-le respirer.

J'ouvre les yeux. Le souffle me revient. Roger Piano m'essuie le visage avec la serviette-éponge. Je distingue autour de moi des visages amis. Les mécanos, le masseur. Je demande : j'ai gagné ?

Ils éclatent de rire. Je pleure.

Roger Piano me prend par les épaules. Momo, c'est le plus beau cadeau que tu pouvais faire à l'équipe. Ce que tu as réalisé, petit, c'est grand.

Faudrait savoir, je réponds dans un souffle, c'est grand ou c'est petit ?

Je souris. J'ai encore les yeux pleins de larmes. Je ne sais pas où je suis.

Il faut du temps pour digérer un succès. Tout à l'heure, je commencerai à comprendre ce que j'ai réalisé. Ce soir, je penserai que la vie est parfois une belle aventure. Demain, je serai sur un nuage. Et après, je serai serein, et pour longtemps, parce que j'aurai prouvé enfin ce que je suis capable de faire.

Je me redresse. Je mets longtemps à me déplier. Je me lève. Je suis à deux doigts des crampes. Je bois un bidon qu'un mécano me tend, et puis Roger Piano et les copains m'escortent dans l'aire d'arrivée. Au pied du podium, je croise Ettore Scarpa. Il tend les bras vers moi, me serre contre lui, bravo, belle course, belle victoire. Je dis, en montrant son maillot jaune, *che bellissima color*, et nous rions tous les deux.

Et Le Garric? je demande, il en est où? Roger me tape sur l'épaule, pas de souci, il a rejoint le groupe maillot jaune au début de la descente, et après il a tout fait pour casser le rythme du groupe. Pour que tu gagnes.

Je le cherche des yeux. Le remercier. Pas le temps. Un officiel me fait signe pour monter sur le podium. Je gravis les marches comme un vieillard. On va m'appeler sur la scène, on va me remettre un bouquet, deux jeunes filles vont m'embrasser, et je quitterai le podium en serrant la main du maire et des officiels.

Je sais que j'emporterai le bouquet. Et que je le garderai. Précieusement. Jusqu'au moment où je rentrerai chez moi.

Ce sera le premier bouquet que je déposerai sur une tombe.

Composition Entrelignes (64)
Achevé d'imprimer
*par la **N**ouvelle **I**mprimerie **L**aballery*
à Clamecy le 20 avril 2009
Dépôt légal : avril 2009
Numéro d'imprimeur : 904104

Imprimé en France

167685